Jessica Hofmann

Mbwa wa Africa

Straßenhunde in Tansania

© 2021 Jessica Hofmann

Herausgeber: Name oder Institution (optional)
Autor: Jessica Hofmann
Umschlaggestaltung, Illustration: Jessica Hofmann

Verlag & Druck: tredition GmbH, Halenreie 40-44, 22359
Hamburg
ISBN Paperback: 978-3-347-30673-8
ISBN Hardcover: 978-3-347-30674-5
ISBN e-Book: 978-3-347-30675-2

Bibliografische Information der Deutschen Nationalbibliothek:
Die Deutsche Nationalbibliothek verzeichnet diese Pub-
likation in der Deutschen Nationalbibliografie; detaillier-
te bibliografische Daten sind im Internet über
http://dnb.d-nb.de abrufbar.

„Karibu Arusha!"
Das war der erste Satz, den ich hörte, als ich in Tansania endlich aus dem Flughafen rauskam. Und ich habe mich vom ersten Moment an zuhause gefühlt. Als ich dann vom Hostel ins Tierheim zog, war alles perfekt. Dieses Tierheim und all die Menschen dort haben mir so viel gegeben!

Danke, an alle Menschen, denen ich in Tansania begegnet bin und die meine Zeit dort so wunderbar gemacht haben!
Danke, an Jens vom Tierheim Mbwa wa Africa und an die Mitarbeiter Michael und Amoni, dass sie mich so unglaublich herzlich empfangen und mir wahre Freunde geworden sind! Ohne eure wundervolle Arbeit würde es diese Geschichte nicht geben!
Danke, an all die Hunde und Katzen, die mir gezeigt haben, wie unglaublich wertvoll meine Arbeit dort ist und was Hoffnung und Liebe bedeutet!
Danke, an meine Familie und Freunde, die mich in allem was ich mache, unterstützen!
Und natürlich danke, an meine allerliebste Hündin Ellie, einfach für alles! Du hast mein Leben auf eine so wunderbare Weise auf den Kopf gestellt und ich will dich nie wieder missen!!!

"Unaweza kusikia zaidi katika nchi ya kigeni kuliko nyumbani."

(In der Fremde hört man mehr als zu Hause.)

-Tansanisches Sprichwort-

1

Eines Tages werde ich ein Held sein! Das habe ich mir fest vorgenommen, als uns Mama damals verlassen hat. Was heißt damals, eigentlich ist es erst wenige Tage her, aber es fühlt sich an wie eine Ewigkeit. Sie wollte eigentlich nur kurz etwas zum Essen holen gehen, aber als sie nach vielen Stunden immer noch nicht wieder da war, wusste ich es einfach. Ich wusste, dass sie nie wieder zurückkommen würde. Ich war so wütend und dabei war es mir vollkommen egal, aus welchen Gründen sie nicht mehr hier war, sie war es einfach nicht! Als der Hunger dann immer größer wurde, entschied ich loszuziehen. Ich war der Größte und Stärkste in der Gruppe und ich hatte die Verantwortung, mich um meine Geschwister zu kümmern. Mit Einbruch der Dunkelheit traute ich mich aus meinem Versteck heraus. Mama hatte immer gesagt, dass es im Dunkeln am sichersten sei und auch wenn ich mich eigentlich vor der Dunkelheit immer ein bisschen gefürchtet hatte, vertraute ich auf ihre Worte. Vorsichtig schlich ich mich aus unserem geschützten Zuhause und sah mich ängstlich um. Es war vollkommen ruhig und ich konnte nirgend-wo auch nur eine Bewegung ausmachen. Okay! Wie hatte

Mama das noch mal immer gemacht, wenn ich sie heimlich auf einem ihrer Ausflüge beobachtet hatte? Augen zu und Nase hoch in die Luft strecken. Auch wenn ich den Sinn dahinter nicht kannte, probierte ich es nun ebenfalls aus und schon wusste ich es. Der süßliche Geruch von überreifen Äpfeln stieg mir in die Nase und ließ mir das Wasser im Mund zusammenlaufen. Ich vergas jede Angst und folgte wie in Trance einem unbekannten Weg. Mit jedem Schritt wurde der feine Geruch stärker. Es kam mir wie eine Ewigkeit vor und ich begann schon an meinem Geruchssinn zu zweifeln, doch dann sah ich das Obst neben einer riesigen Tonne auf dem Boden liegen. Gierig stürzte ich mich darauf und erst als der Hunger nicht mehr ganz so sehr mein Gehirn benebelte, fielen mir die anderen wieder ein. Ich schaute mich um und schnappte mir den größten, noch ganze Apfel, den ich finden konnte. Beinahe wäre er zwischen meinen Zähnen in zwei Teile zerbrochen, aber ich konnte ihn gerade noch so halten. In der Gewissheit, dass dieser ein Apfel für all meine Geschwister nicht ausreichen würde, versuchte ich schnellstmöglich den Weg zurückzufinden. Dies war jedoch gar nicht so einfach, denn in meinem Hunger hatte ich auf dem Hinweg nicht wirklich auf meine Umgebung geachtet. Als ich es dann doch endlich zurück nach Hause schaffte, wurde ich am Eingang schon von einem meiner Brüder erwartet. Ich bekam das Essen beinahe aus dem Mund gerissen und innerhalb von wenigen Sekunden war nur noch ein winziges Stück übrig, das sich die Kleinste schnappte und damit knurrend in eine Ecke verschwand. Mit immer noch laut knurrenden Mägen jammerten meine Geschwister, dass sie immer noch großen Hunger hätten. Sofort rannte ich zurück zu meinem Fundort, doch dort hatten sich inzwischen andere Hunde um die Leckereien versammelten und verwickelten sich gegenseitig in blutige Kämpfe um das kostbare Gut. Deswegen traute ich mich nicht mehr dorthin. Stattdessen fand ich aber versteckt unter einem großen, grünen Mülldings eine Tüte, in der größtenteils Essensreste entsorgt worden waren. Verzweifelt versuchte ich die Tüte zum Versteck zu ziehen, aber ich musste ziemlich schnell wieder aufgeben, denn ich war nicht stark genug und zusätzlich war das Plastik der Tüte bei den wenigen Metern, die ich es doch über den Boden geschleift hatte, gerissen. Also nahm ich die halbvolle Aluminiumpackung daneben mit und schaute dabei zu, wie im Nu wieder alles verputzt war. Drei weitere Male musste ich noch los, bis ich die hungrigen Mäuler meiner vier Geschwister halbwegs gestopft hatte. Aber zu diesem Zeitpunkt konnte ich dann auch nicht mehr. Müde fiel ich in eine Ecke, wo Mama ein altes, kaputtes Kissen hingeschleppt hatte, und träumte von einem perfekten Leben, in einer perfekten Welt. Mama hatte uns als wir noch mit geschlossenen Augen durch die Gegend geirrt waren, immer erzählt, dass es da draußen Menschen gebe, die Hunde so doll liebhaben, dass sie sie bei sich zuhause wohnen lassen, ihnen Futter und Liebe geben und sie beschützen. Seit sie uns verlassen hatte, glaubte ich nicht mehr daran und doch träumte ich noch ein letztes Mal von diesem unglaublichen Ort. Noch bevor es hell wurde, wachte ich wieder auf. Meine Geschwister schliefen alle tief und fest. Obwohl ich immer noch sehr müde und kaputt war, schlich ich mich heimlich hinaus auf die Straße. Diesmal ging ich einen anderen Weg. Ich wusste nicht wonach ich suchte, ich lief einfach nur orientierungslos durch die Gegend. Ich hatte Angst! Nicht vor der Welt hier draußen, sondern vor der Zukunft. Ich fühlte mich so allein gelassen. Warum hatte Mama uns nur verlassen müssen? Wohin war sie gegangen? Ist ihr etwas passiert? Das erste Mal kam mir nun dieser Gedanke. Dass sie uns gar nicht freiwillig verlassen hatte. Ich fühlte mich so schlecht, dass ich so wütend gewesen war und wie zur Bestätigung meines schlechten Gewissens, sah ich sie. „Mama!", rief ich freudig aus und rannte zu ihr. „Mama, wach auf!", sagte ich und stupste sie mit der Nase zärtlich an. Doch sie reagierte nicht. „Mama, Mama, bitte wach auf. Ich bin hier! Wir brauchen dich doch!", wiederholte ich immer und immer wieder und meine Stupser wurden immer verzweifelter. Erst als ich das Blut an ihrer Seite sah, dass schon so gut wie getrocknet war, realisierte ich, dass meine Mama nicht mehr aufwachen würde. Ein trauriges Jaulen entkam meiner Kehle und ließ die Vögel in den Baumkronen schreiend auffliegen. Mit meiner Schnauze hob ich vorsichtig ihre Pfote an und schmiegte mich darunter an ihre inzwischen eiskalte Brust. Wie hatte ich auch nur eine einzige Sekunde daran glauben können, dass sie uns freiwillig, ja sogar mit Absicht, verlassen hatte. Sie war unsere Mutter! Sie hat uns geliebt! „Es tut mir leid, Mama", flüsterte ich ihr schluchzend zu, „ich hoffe dir geht es gut, da wo du jetzt bist. Ich verspreche dir, ich werde gut auf mich und meine Geschwister aufpassen. Ich werde alles tun, damit wir mal ein schönes und sorgenfreies Leben haben. So ein Leben, wovon du mir erzählt hast, wovon du selbst dein ganzes Leben geträumt hast. Ich werde ein Held sein, so wie du es gesagt hast!" Ich blieb so in ihrem Arm liegen, bis die ersten Sonnenstrahlen meine Nase kitzelten. Dann wusste ich, dass ich gehen musste. Ich wagte einen verzweifelten Versuch, sie weiter in die Büsche zu schieben, doch ich war zu klein, ich hatte einfach nicht die Kraft dazu. Ich hörte schon die ersten Bewegungen hinter den großen Mauern, als ich wie ein Blitz zurück ins Versteck huschte. Das Licht hatte es noch nicht in die Höhle geschafft, weswegen ich meine Geschwister alle noch immer schlafend vorfand. Ich rollte mich wieder auf meinem Platz zusammen und versuchte noch einmal ein wenig zu schlafen. Doch ich sah nur Mamas leere Augen vor mir. Jetzt, mit dem Wissen, das wir wirklich allein waren, machte mir die neue Verantwortung plötzlich unglaubliche Angst. Aber ich wusste, dass ich es schaffen konnte. Ich musste es schaffen. Aber ich konnte den anderen nicht erzählen, dass Mama nicht mehr am Leben war. Denn dann müsste ich infolge vieler durcheinander gestellter Fragen auch erzählen, woher ich das weiß. Und dann würden sie Mama sehen wollen. Das konnte ich nicht zulassen, die Gefahr war zu groß. Irgendwie döste ich dann doch nochmal weg. Ich träumte von großen Autos und bösen Menschen mit riesengroßen Macheten, die mich und meine Geschwister bedrohten.

Geweckt wurde ich von meiner kleinsten Schwester, deren Pfoten im Gegensatz zu allen anderen weiß waren. Ich nannte sie meistens Nummer 5.

Nummer 2, der Nervigste meiner Geschwister, dessen Fell leichte Locken aufwies, hatte sie mal wieder durch die Gegend geschubst und sie war dadurch gegen mich gestolpert. Das fand ich aber leider erst heraus, nachdem ich sie schon wütend angeblafft hatte. Ein weiteres Mal plagte mich nun an diesem Tag das schlechte Gewissen, als sie nun zitternd den Kopf einzog. Schnell entschuldigte ich mich und stupste sie aufmunternd an. Und zum Glück wurde Nummer 5 immer genauso schnell wieder glücklich, wie sie traurig geworden war. Widerwillig entschuldigte sich nun auch Nummer 2 bei ihr, nachdem ich ihn streng darum gebeten hatte. Nummer 3 und Nummer 4 spielten in einer Ecke mit dem Stück eines Reissacks Tauziehen und hatten dabei peinlichst genau darauf geachtet meine beziehungsweise Mamas Regeln einzuhalten. Eine davon beinhaltete, dass niemand zu nah an den Ausgang des Verstecks ging, sobald es hell war. Nummer 3 war „der Eindringling", wie wir ihn manchmal scherzhaft nannten, da er so gar nicht wie alle anderen aussah. Im Gegensatz zu uns, deren Fellfarbe jeweils in einem satten Schwarz strahlte, war sein Fell mit vielen verschiedenen Brauntönen gemustert. Der weiße Punkt auf der Nasenspitze sah ein bisschen so aus, als hätte er ein wenig zu nah an der weißen Farbe vor der Höhle geschnüffelt. Nummer

4 hatte wie ich einen weißen Bauch und eine weiße Schwanzspitze, aber zusätzlichen noch einen sichelmondförmigen, weißen Fleck auf der Stirn. Nummer 2 hatte sich inzwischen zu den zwei Kämpfenden gesellt, während Nummer 5 immer noch vor mir stand und mich fragend anschaute. „Ist noch etwas Nummer 5?", fragte ich sie, als sie mir nun zum Eingang folgte. Ich setzte mich weit genug davon weg, sodass man mich von außen nicht sehen konnte. Sie setzte sich neben mich und schaute mit traurigem Blick in die Ferne. Die Sonne ließ den geteerten Boden mysteriös funkeln. Sie hatte mir immer noch nicht geantwortet, aber ich wollte ihr die Zeit geben, die sie brauchte, deswegen wartete ich. Immer wieder spürte ich, wie ihr Blick schüchtern zu mir huschte. Immer wieder sah ich, wie sich ihr Mund bewegte, wie er versuchte sinnvolle Worte zu formulieren und doch kam einfach nichts heraus. Irgendwann gab sie auf und wir saßen eine Weile einfach nur schweigend da und schauten hinaus. Immer mal wieder hörte man die Stimmen meiner anderen Geschwister im Hintergrund aus der Höhle schallen. Als sie einmal meiner Meinung nach zu laut wurden, sprang ich auf, um ein kurzes Machtwort zu sprechen. Doch danach setzte ich mich direkt wieder zu Nummer 5, die wie eine Statue unverändert dort saß. Wir saßen

noch eine ganze Weile so da. Die Sonne hatte ihren höchsten Punkt schon lange überschritten, als endlich ein Wort ihren Mund verließ: „Mama" Ich zuckte zusammen. Es war nur ein einziges sanft geflüstertes Wort, doch es hatte eine unglaubliche Wirkung auf mich. Eine einzige Träne kullerte über meine Wange und tropfte mit einem leisen Platschen auf den Boden. Nummer 5 drehte ihren Kopf zu mir, sah mich mit ebenfalls tränennassen Augen an und flüsterte: „Ich wusste es. Sie ist tot, oder?" Ich nickte nur stumm und fragte mich im Stillen, wie sie das herausgefunden hatte. Und im nächsten Moment kam auch schon die Angst in mir hoch, dass sie es den anderen erzählen würde. Ich konnte sie nicht beschützen, wenn sie aus blinder Trauer hinaus auf die Straße rannten. Doch als ich in Nummer 5´s Augen sah, konnte ich klar erkennen, dass sie kein Wort an die anderen verlieren würde. Ich legte meine Pfote sanft auf ihre und sie schmiegte sich traurig an mich, während die Tränen wieder anfingen über ihr Gesicht zu laufen. Auch ich begann wieder zu weinen und versuchte verzweifelt die Tränen vor den anderen zu verstecken. Wenn sie sahen, wie schwach ich eigentlich war, würden auch sie die Hoffnung verlieren. Und das konnte ich auf keinen Fall zulassen. Ich musste stark sein, ich musste ihnen zeigen, dass ich für sie sorgen konnte. Ich sah wie tief die Sonne schon stand und wusste, dass ich bald wieder losziehen musste, um etwas zu Essen für meine Geschwister und mich aufzutreiben. Und als hätte er meine Gedanken gelesen, stand Nummer 2 mit den anderen beiden im Schlepptau schon hinter mir und nervte damit, dass er Hunger habe. Mit aller Geduld, die ich aufbringen konnte, erklärte ich ihm, dass ich erst rausgehen konnte, wenn es bereits dunkel war. Er nickte verständnisvoll, blieb aber weiterhin hinter mir stehen. „Ist noch etwas?", fragte ich vorsichtig, als er nach einigen Minuten immer noch dastand und mich anschaute. „Ach nichts", murmelte er nur, drehte sich um und ging. Sobald es dunkel wurde, schlich ich wieder aus unserem Versteck. Heute war es nicht so leicht eine Fährte aufzunehmen. Ich konnte unglaublich viele Gerüche auf der Straße wahrnehmen, wenn ich meine Nase in die Luft reckte, aber keiner stach so wirklich heraus. Also wanderte ich ein bisschen orientierungslos durch die Gegend und versuchte stattdessen meine Augen zu benutzen. Dabei vermied ich aber tunlichst die Straße, in der ich Mama gefunden hatte. Irgendwann fand ich einen mittelgroßen Sack, in dem ein Restaurant seine Knochenreste weggeworfen hatte. Er war halbwegs gut zugebunden und die faserige Struktur des Sackes, machte es relativ leicht ihn über den Boden zu ziehen, ohne dass dieser, wie die Plastiktüte gestern, zerriss. Auch die Tatsache, dass ich nicht sehr weit von unserem Versteck entfernt war, ließ mich diese Möglichkeit ergreifen. Es dauerte eine Weile, aber dann hatte ich es endlich geschafft den Sack ins Versteck zu ziehen. Die letzten Meter durch den Eingang half meine kleine Schwester mir. Nummer 2 saß immer noch still da, kam dann angeschlichen, nahm sich einen großen Knochen und verschwand damit wieder in der Ecke. Ich ignorierte es, denn ich hatte grade etwas anderes im Kopf. Ich machte mich sofort wieder auf die Suche und füllte zunächst erst einmal meinen eigenen Magen. Ich ging noch einmal zu der Mülltonne, bei der ich gestern die Plastiktüte gefunden hatte und fand dort auch heute eine Aluminiumschachtel gefüllt mit Gemüseresten. Ich ergriff sofort die Gelegenheit und brachte es zurück ins Versteck. Schnell waren auch diese Leckereien wieder verputzt. Diesmal musste ich nur noch ein einziges Mal gehen, um meine Geschwister satt zu bekommen. Danach ließ ich mich wieder in meine kleine Ecke auf das alte Kissen fallen und schlief sofort ein. Ich schaffte es sogar bis zum Morgen durchzuschlafen, und zwar völlig traumlos.

Als ich am nächsten Morgen erwachte war es schon

spät. Die Sonne stand bereits hoch am Himmel und alle anderen waren schon auf und spielten. Ich versicherte mich, dass sich alle an meine Regeln hielten, bevor ich in den Nebenraum verschwand, um eine Kleinigkeit zu trinken. Der Fluss hatte sich hier ein bisschen unter das Gemäuer des Hauses gespült. Mama hatte mir einmal erzählt, dass dies einer der Gründe gewesen war, weswegen sie diesen Ort ausgewählt hatte. Außerdem meinte sie, dass es hier sehr sicher sei und man nicht weit laufen musste, um etwas zu Essen zu finden. Das kühle Wasser lief erfrischend meine Kehle hinab und holte das letzte bisschen Schlaf aus meinen Knochen. Ich stieg wieder aus dem Wasser hinaus und schüttelte die verbliebenen Tropfen aus meinem Fell. Der Tag ging wie im Flug vorbei. Die Sonne stand schon sehr tief am Himmel, als plötzlich Nummer 2 wieder auf mich zukam: „Ich würde heute Nacht gerne mitkommen. Ich bin genauso groß wie du und du allein brauchst ewig, bis du genug zusammen hast, damit wir alle satt werden. Ich kann dir helfen, denn zu zweit können wir sehr viel mehr Essen auf einmal hierherschaffen." Ich hatte gewusst, dass das dieser Moment irgendwann kommen würde. Aber ich hatte nicht erwartet, dass es so bald sein würde. Nummer 2 wollte schon immer genauso gut sein und genauso viel dürfen wie ich. „Nein, das halte ich für keine gute Idee. Ich möchte das du hier bleibst", sagte ich. „Sei nicht so stur und eigensinnig! Du weißt genau, dass es zu zweit viel einfacher wäre, also warum willst du mich nicht dabeihaben? Du fühlst dich doch nur als etwas Besseres. Du denkst du seist stärker als ich, aber da liegst du falsch. Ich bin genauso gut wie du. Aber du wurdest von Mama immer mehr geliebt, weil du dich in jeder freien Sekunden und mit jeder sich bietenden Möglichkeit bei ihr eingeschleimt hast!", rief er wütend. Die Worte verletzten mich, doch ich versuchte es trotzdem weiterhin mit Geduld und guten Zureden: „Nein, Nummer 2, ich möchte das du hierbleibst, weil es sicherer ist. Ich kann deine Einwände verstehen, dass es zu zweit schneller und einfacher wäre, aber ich brauche dich hier. Wenn mir etwas passiert, bist du derjenige, der sich um unsere Geschwister kümmern kann. Wenn wir beide zusammen da rausgehen, ist die Gefahr zu groß, dass uns beiden etwas passiert und das wäre für die anderen fatal. Nummer 3 und Nummer 4 sind noch zu naiv und kindisch, um eine solche Aufgabe zu übernehmen. Und Nummer 5 ist viel zu klein und zu schwach. Mama wäre enttäuscht von dir, wie du jetzt gerade mit mir redest. Sie hat mir die Verantwortung übertragen, als sie weg ging, weil sie wusste, dass sie mir vertrauen konnte. Wenn sie hier wäre, würde sie dir sagen, dass du auf mich hören sollst." „Sie ist aber nicht mehr hier! Sie hat uns verlassen! Sie hat uns einfach alleine gelassen und nun sind wir auf uns alleine gestellt. Sie hat gar kein Recht mehr mir irgendetwas vorzuschreiben! Ihre Worte und Regeln haben ihre Bedeutung verloren, als sie uns einfach verließ!", schrie er, noch wütender als zuvor. Und da platzte es dann aus mir heraus: „Sie ist tot, du Arschloch. Sie hat uns nicht freiwillig verlassen, sie wurde verdammt nochmal überfahren! Sie liegt da draußen einsam auf der Straße! Also hör auf, dich wie ein kleines Kind zu benehmen. Werde endlich erwachsen, zeig mir das du wirklich Verantwortung übernehmen kannst und dann darfst du auch mit raus!" „Mama ist tot?", fragte eine leise Stimme aus dem Hintergrund. Da realisierte ich erst was ich gerade getan hatte. Nummer 3 und Nummer 4 sahen mich traurig an und Nummer 5 senkte nur wissend den Kopf. „Warum hast du uns das nie gesagt?", rief er. Diesmal mit einer Mischung aus Wut und Trauer. Im nächsten Moment drehte er sich um und rannte nach draußen. „Nein, Nummer 2, du kannst da nicht einfach so raus rennen, dass ist zu gefährlich", schrie ich verzweifelt, doch er ignorierte meine Worte. Ohne darüber nachzudenken, rannte ich hinterher. Er war vor dem Versteck nach rechts, also in die richtige Richtung gerannt. Ich folgte ihm und sah schon von weitem, wie er wie angewurzelt an der nächsten Kreuzung stehen blieb. Sein Kopf schnellte von links nach rechts, seine Nase schnupperte wie wild durch die Luft, doch er wusste einfach nicht wo lang. Schließlich entschied er sich scheinbar völlig wahllos und rannte nach links. Wieder richtig, doch es kam noch eine weitere Kreuzung. Ich dachte dort würde ich ihn dann einholen, aber er machte mir mit einer spontanen Entscheidung einen Strich durch die Rechnung. Und aus irgendeinem Grund hatte er es wieder geschafft die richtige Straße zu wählen. Noch bevor ich um die Ecke in besagte Straße einbiegen konnte, hörte ich ein lautes Quietschen und ein herzerschütterndes Jaulen. Panik stieg in meinem Herzen auf und meine Schritte wurden noch ein bisschen schneller, obwohl ich das gar nicht für möglich gehalten hatte. Meine Beine verknoteten sich beinahe. Die Kurve brachte mich aus dem Gleichgewicht und ich bremste mit der Schnauze unsanft im Staub. Als ich mich wieder aufgerappelt und den restlichen Staub aus meinem Fell geschüttelt hatte, blieb ich wie erstarrt stehen. In der Ferne stand ein Auto. Ich erkannte die kleine Spielfigur, die Mama einmal mitgebracht hatte, darin wieder. Doch das, was daneben stand, war das, was mich in die Schockstarre versetzt hatte. Es musste ein Mensch sein, denn die Gestalt lief auf zwei Beinen. Nachdem mein Herzschlag sich etwas beruhigt hatte und ich wieder klar denken konnte, wich ich vorsichtig zurück um die Ecke. Im Schutz eines großen Busches beobachtete ich weiter alles mit Argusaugen. Der Mensch war gerade aus dem Auto gestiegen und lief nun um das Auto herum auf die Seite, die ich als vorne identifizierte. Und da sah ich wieder den Grund für meine Eile. Nummer 2 lag bewegungslos und seltsam verdreht vor dem Auto. Der Mensch beugte sich zu ihm herunter und strich über den kleinen Kopf. Dabei schien er auf meinen kleinen Bruder einzureden. Plötzlich stand er ruckartig wieder auf und lief zum Straßenrand. Er hatte den Rücken zu mir gedreht, weswegen ich vorsichtig auf Nummer 2 zuzulaufen begann. Doch der Mensch hob nur etwas vom Boden auf und trat schon wieder den Rückweg an, weswegen auch ich wieder hinter meiner Ecke verschwand. Beinahe hätte ich laut aufgeschrien, als mich ein Ast des Busches am Rücken streifte, so angespannt war ich. Was hatte er da in seiner Hand, fragte ich mich und vor allem, was hatte er damit vor? Und als ich es erkannte, stieg die Angst in meiner Magengrube erneut auf. Es war ein großer, klobiger Stein. Er hielt ihn fest in seiner Hand und lief mit ernstem Blick auf Nummer 2 zu.

Ich musste etwas unternehmen, doch ich wusste nicht was. Ohne Rücksicht auf die Gefahren, die das barg, schlich ich mich nun doch aus meinem Versteck heraus und lief auf die Szene zu. Der Mensch war so sehr auf meinen Bruder und den Stein in seiner Hand konzentriert, dass er mich gar nicht bemerkte. Ich wurde immer schneller, da die Distanz zwischen ihm und meinem Bruder immer kleiner wurde, während die zwischen ihnen und mir immer größer zu werden schien. Der Mensch war inzwischen bei meinem Bruder angekommen und hatte den Stein über seinen Kopf gehoben. Ich war kurz davor wie wild zu bellen, um ihn abzulenken, doch dann senkte er den Stein wieder und legte ihn nach einer Weile auf den Boden neben sich ab. Ich war stehen geblieben und wich wieder ein Stück zurück. Ich begab mich unter das Auto, um nicht gesehen zu werden. Der Mensch strich Nummer 2 vorsichtig über den Kopf und hob ihn dann hoch. Die Tränen liefen über mein Gesicht, während der Mensch meinen kleineren Bruder an den Straßenrand trug. Sein Körper hing schlaff in den Armen des Menschen. Ich wusste, dass ich nichts mehr tun konnte. Wenn ich jetzt dazu rannte, würde ich mich nur selbst zusätzlich in Gefahr bringen. Da ich wusste, dass es unter dem Auto gleich nicht mehr sicher sein würde, suchte ich verzweifelt nach einer anderen Versteckmöglichkeit in der Nähe. Der Strauch hinter der Ecke war zu weit entfernt, um dort schnell genug anzukommen. Ich sah einen weiteren Busch in der Nähe, der aber nicht vollständig blickdicht war. Da es aber die einzige halbwegs sichere Möglichkeit zu sein schien, rannte ich in Windeseile dort hin. Der Mensch drehte sich um, ging zurück zu seinem Auto, stieg ein, startete den Motor und fuhr davon. Ich sah den reglosen Körper von Nummer 2 in der Ferne, doch es war immer noch hell. Trotzdem brauchte ich nicht lange nachzudenken, ein Held musste auch mal etwas riskieren. Ich rannte zu ihm und stupste ihn mit der Pfote an. Keine Reaktion. Nachdem ich meine Mutter gefunden hatte, hatte ich ein bisschen etwas über den Tod gelernt. Ich traute mich nicht ihn anzusprechen, um keine Aufmerksamkeit auf mich zu ziehen. Stattdessen hielt ich also mein Ohr so nah wie möglich vor Ohr und Nase meines Bruders. Ich spürte nichts und die Tränen stiegen sofort in meine Augen. Doch ich war mit der Zeit immer stärker und vor allem schlauer geworden. Ich wusste, dass ich sofort zurück musste. Ich lief zurück zu meiner Hausecke und versuchte den Rest des Weges möglichst versteckt und trotzdem schnell zurückzulegen. Ich sah meine restlichen Geschwister schon von weitem im Eingang des Verstecks stehen und warten. Und obwohl sie damit gegen meine Regeln verstießen, konnte ich ihnen gerade keinen Anschiss verpassen. Stattdessen beeilte ich mich noch mehr zurückzukommen, denn ich wusste, dass das der einzige Weg war, sie aus dem Sichtfeld zu holen. Auf den letzten Metern wäre ich beinahe noch entdeckt worden, doch ich konnte mich gerade so hinter einen Haufen Müll retten. Meine Geschwister hatten mich inzwischen entdeckt und waren ein kleines Stück vom Eingang weg nach hinten gewichen. Ich konnte an ihren besorgten und traurigen Gesichtern sehen, dass es nicht viel Worte der Erklärung brauchte. Das ich allein zurückkam, war vermutlich auch ein untrügliches Zeichen. In Nummer 5´s Gesicht konnte ich den Schmerz am deutlichsten ablesen. Auch wenn die zwei sich eigentlich immer in der Wolle gehabt hatten, so waren sie doch Geschwister und sie hatte zu ihm aufgesehen. Nun war er nicht nur gestorben, sondern hatte uns kurz davor auch noch ziemlich enttäuscht. Nachdem die Gefahr vorüber war, schaffte ich es zurück zum Versteck. Mein gesenkter Kopf und das leichte Nicken ließen auch ihre letzten Zweifel verschwinden. Ich hatte gehofft sie würden mich dann erst einmal in Ruhe lassen, sodass ich mich in eine Ecke zurückziehen, ausruhen und meine Wunden lecken konnte. Mama hatte an mich geglaubt, doch ich hatte versagt. Doch meine Geschwister gönnten mir die Ruhe nicht und folgten mir stattdessen, um mich dann mit Fragen zu löchern. Ich konnte verstehen, dass sie wissen wollten, was passiert war. Wäre ich an ihrer Stelle gewesen, hätte ich es vermutlich nicht einmal ausgehalten zu warten, bis mein Bruder, in diesem Fall ich, zurückkehrte. Ich wäre so leichtsinnig gewesen und wäre hinterhergerannt. Aber nun saß ich auf meinem Platz und alle anderen um mich herum. Ich fühlte mich wie bei einer Gerichtsverhandlung mit mir als den Angeklagten. Die Neugier in ihren Augen wurde von der Trauer überschattet, aber ich konnte auch einen Hauch von Angst erkennen. Nun waren wir nur noch zu viert und ich kämpfte stark mit der Schuld, die auf meinen Schultern lastete. Langsam und sehr auf meine Wortwahl bedacht, erzählte ich ihnen alles, was passiert war. Trotz, dass sie es eigentlich bereits wussten, fingen sie alle an zu weinen, als ich meine Erzählung abschloss. Egal wie schwach ich mich fühlte, ich musste auch diesmal wieder stark sein. Ich hob den Kopf und schaute jedem einzelnen in die Augen: „Es tut mir leid, dass ich ihn nicht retten konnte. Es tut mir leid, dass ich euch nicht gesagt habe, dass Mama nicht mehr lebt. Ich hatte einfach solche Angst, dass genau so etwas passiert, wie nun auch passiert ist. Aber vielleicht hätte ich es besser abwenden können, hätte ich es direkt verraten, statt damit so herauszuplatzen. Ja, Mama ist tot und Nummer 2 ist heute ebenfalls verstorben, aber wir sind noch da. Und wir halten egal was kommt zusammen. Zusammen können wir alles schaffen. Ich habe Mama und mir selbst geschworen, dass ich auf euch aufpasse und euch versorge. Doch bevor wir nun unseren nächsten Schritt machen, lass uns erstmal ruhen. Ich habe euch lieb!"

2

Als ich erwachte war es stockdunkel draußen. Mein Magen grummelte laut, ich hatte solchen Hunger. Auch meine Geschwister waren dabei wach zu werden. Nummer 5 öffnete als erste die Augen und warf mir ein zartes Lächeln zu. Ich wusste, dass sie mir voll und ganz vertraute, doch bei den anderen beiden war ich mir nicht so sicher. Nummer 3 war nach meiner Rede in eine Ecke verschwunden und hatte nicht unbedingt traurig, sondern eher wütend, geschaut. Ich konnte es verstehen, ich wäre auch schrecklich wütend, hätte mir jemand den Tod meiner Mutter verschwiegen, aber ich hatte doch nur ihr bestes gewollt. „Es ist dunkel, ich gehe uns mal etwas zu essen besorgen!", sagte ich. Als ich gerade durch den Eingang in die Nachtluft ziehen wollte, stellte sich mir Nummer 3 in den Weg: „Ich weiß, du wirst das für eine schlechte Idee halten, nach dem was heute passiert ist. Aber ich würde dich heute Nacht gerne begleiten!" Ich wollte natürlich direkt ablehnen, ihm sagen, dass das gar nicht in Frage käme, doch er hob seine Pfote und brachte mich damit wieder zum Schweigen. Stattdessen fuhr er selbst fort: „Bevor du irgendwas sagst und meine Idee direkt ablehnst, lass mich wenigstens ausreden. Ja, Nummer 2 ist heute dort draußen gestorben, aber nicht, weil er dort draußen war, sondern weil er nicht auf dich gehört hat. Er hat die Regeln und Gesetze missachtet, die zu unserem Schutz dienen. Ich werde dies auf keinen Fall tun! Du hast schon einige Nächte da draußen überlebt. Du hast es heute sogar am Tag geschafft und das bewundere ich. Ich vertraue dir! Ich bin nicht einverstanden mit deiner Entscheidung uns die Wahrheit zu verschweigen, aber ich kann es auch in gewisser Weise verstehen. Aber du musst diesen Kampf nicht allein kämpfen. Du musst nicht alle Verantwortung allein tragen. Wir sind eine Familie, wir unterstützen uns gegenseitig, sind füreinander da, passen aufeinander auf. Nummer 2 hatte trotz all seiner Fehler Recht. Zu zweit können wir da draußen viel mehr erreichen. Wir können viel mehr Essen auf einmal sammeln. Einer kann die Umgebung überwachen und aufpassen, während der andere das Essen zum Versteck trägt." Ich wusste nicht wie, aber das was er sagte überzeugte mich. „Du hast Recht. Ich kann euch nicht für immer hier einsperren. Nach allem, was passiert ist, muss ich wohl einsehen, dass ich wirklich nicht alles allein schaffen kann. Vier Augen sehen nun einmal mehr als zwei. Aber du musst mir wirklich hoch und heilig versprechen, dass du immer dicht bei mir bleibst, meinen Entscheidungen bedingungslos vertraust und meine Anweisungen, ohne nachzudenken, befolgst!", erklärte ich. Er nickte. „Versprich es mir!", verlangte ich. „Ja okay, ich verspreche es", murmelte er. „Also wir laufen da draußen nicht einfach wahllos durch die Gegend, vor allem laufen wir nicht mitten auf der Straße. Auch wenn es dunkel ist, lauern immer noch Gefahren außerhalb unseres Verstecks. Deswegen bewegen wir uns immer so nah wie möglich am Straßenrand, im Schatten der Häuser. Jederzeit die Umgebung im Blick auf der Suche nach einem Versteck, falls Gefahr auftaucht. Du wirst die ganze Zeit direkt hinter mir bleiben und kein Wort sagen. Wenn du etwas zu Essen entdeckst, machst du mich unauffällig mit Zeichen darauf aufmerksam. Am besten machen wir vorher ein Zeichen aus. Zum Beispiel ein scharren mit dem rechten Hinterfuß. Einverstanden?", fragte ich. „Natürlich, nur denke ich ein weniger geräuschvolles Zeichen wäre sinnvoller. Kannst du das hier machen?", stellte er mir eine Gegenfrage. Er zeigte mir was er meinte, indem er sein rechtes Ohr zweimal einklappte und wieder aufstellte. Er hatte recht. Das war weniger geräuschvoll und deswegen probierte ich es sofort aus. Nach anfänglich leichten Schwierigkeiten schaffte ich es und so war das Zeichen abgemacht. Als Zeichen für Gefahr vereinbarten wir direkt das andere Ohr und nach ein bisschen Übung hatte ich auch das schnell raus. So waren wir bereit gemeinsam loszuziehen. Mein Herz schlug mir bis in den Hals, als wir die ersten Schritte in die Dunkelheit hineintaten. Ich achtete genaustens darauf, dass Nummer 3 wie versprochen immer genau hinter mir lief. Ich vertraute ihm, aber Vorsicht ist besser als Nachsicht. Nachdem wir ein Stück gelaufen waren, erklärte ich nun möglichst leise Nummer 3: „Ich habe Mama, bevor sie starb, schon sehr lange bei ihren Ausflügen beobachtet. Sie reckte immer die Nase in die Luft, sobald sie auf er Straße war. Ich habe nie verstanden, warum sie das getan hat, bis ich es dann selbst ausprobiert habe. Ich würde es am liebsten direkt ausplaudern, aber ich finde es besser, wenn du es erst einmal selbst ausprobierst." „Kannst du es mir nicht einfach sagen? Ich komme mir dabei irgendwie seltsam vor", flüsterte er. „Nein, ich möchte, dass du diese Erfahrung selbst machst. Es ist wichtig, dass du das lernst, für den Fall, dass mir doch mal etwas passieren sollte", sagte ich etwas bestimmender als beabsichtigt. Doch er nahm es mir nicht übel und rief stattdessen sofort: „Sag so etwas nicht, dir wird nichts passieren!" Erschrocken, aufgrund der Lautstärke seiner eigenen Stimme, wich er einen Schritt zurück und wäre dabei beinahe über einen Stein gestolpert. Ich wusste das Tadel an dieser Stelle nichts nützte, weswegen ich nur flüsterte: „Bitte, tue es für mich. Um meine kleine Seele zu beruhigen." „Okay, na gut, ich habe versprochen zu tun, was du sagst", willigte er dann ein. Schüchtern und unsicher reckte er nun gemeinsam mit mir die Nase in die Luft. Ein Lächeln umspielte kurz darauf seine Lippen, sodass ich direkt wusste, dass er die gleiche Erkenntnis hatte, wie ich damals. Doch als er dann ebenfalls wie in Trance dem Geruch folgen wollte, hielt ich ihn auf, denn ich wusste, wie unvorsichtig das gewesen war. „Ja, du sollst dem Geruch folgen, aber du musst trotzdem weiterhin aus deine Umgebung achten. Vergiss das nie!", flüsterte ich ihm in sein Ohr. Nummer 3 nickte ertappt und tat wie ihm geheißen. Ich hatte den Geruch ebenfalls wahrgenommen, schon lange vor ihm. Da ich schon etwas Übung hatte, konnte ich sehr gut auf uns beide aufpassen und gleichzeitig darauf achten, dass wir auf dem richtigen Weg blieben. Schon bald kamen wir zu einem riesigen Müllhaufen, den ich schon einmal entdeckt hatte. Nun war frischer Müll hinzugekommen. Unter anderem ein Haufen halb abgegessener Knochen. Als würde ich meinen ersten Ausflug vor meinen Augen wiedererleben, stürzte sich Nummer 3 gierig auf die verführerisch duftende Speise. Ich hielt ihn nicht davon ab, denn ich wusste ganz genau wie er sich fühlte. Zum Glück dauerte die Fressattacke bei ihm nicht ganz so lange, da er ja nicht halb verhungert war, wie ich damals. Schnell riss er sich zusammen und schaute mich schuldbewusst an. „Keine Angst, mir ging es bei meiner ersten Essenssuche genauso, Nummer 3. Das ist vollkommen normal", beruhigte ich ihn mit einem Augenzwinkern. Gemeinsam suchten wir nach einem Weg den übrig gebliebenen Haufen Knochen zurück zum Versteck zu transportieren. Wie schon so oft fand ich eine Aluminium-Schale, aus der wir nur ein paar verbrannte Gemüsereste entfernen mussten, bevor wir sie mit den Knochen füllten. Ich wollte ihm wirklich vertrauen, aber wieder einmal hielt ich mich an das Sprichwort „Vorsicht ist besser als Nachsicht" und ließ ihn die Schale ziehen, während ich aufpasste. Es dauerte ein bisschen länger als sonst bis wir das Essen beim Versteck hatten, da Nummer 3 immer wieder neu ansetzen musste. Ich verurteilte ihn nicht, auch ich hatte mal klein angefangen. Als er die Alu-Schale durch den Eingang zog, war er halb am Verzweifeln. Doch die anderen empfingen ihn mit Lob und auch ich sprach meinen Stolz offen aus. Sofort hellte sich sein Gesicht auf und ein kleines Grinsen huschte über seine Lippen. Auch die nächsten zwei Essensvorräte schaffte er stolz in unser Versteck. Trotzdem sah ich hinter der

Fassade wie müde er durch die Anstrengung war. Ich wollte nicht, dass er sich überanstrengte und bot ihm deswegen an das ich die letzten Gänge allein vornahm. Widerwillig, aber trotzdem erleichtert, stimmte er dem Vorschlag zu und ließ sich auf das alte Kissen in der Ecke fallen. Innerhalb von Sekunden hörte ich ihn schnarchen und machte mich dann noch einmal auf den Weg, um morgen weniger zu tun zu haben. So ging es die nächsten Tage weiter. Nummer 3 wurde immer besser und schon bald vertraute ich ihm sogar so sehr, dass er aufpassen durfte, während ich das Essen zog. Und dann schafften wir sogar gleichzeitig Essen ins Versteck. Es nahm mir wirklich eine ganze Menge Arbeit ab, dass er mir half. So hatte ich mehr Zeit und vor allem mehr Kraft für andere Dinge. Ich ging nun öfter einfach so auf Streifzüge. Immer weiter drang ich in die Weiten der Welt vor. Ich entdeckte einen riesigen Müllberg, ich meine einen wirklich großen, der teilweise verführerisch roch. Jedoch war es viel zu gefährlich, da überall andere Straßenhunde waren. Sie waren deutlich größer und ich hatte dabei zusehen müssen, wie einer ihrer Kämpfe sehr blutig endete. Ich begann immer genau darauf zu achten mich von den anderen Hunden fernzuhalten. Den Tag, beziehungsweise die Nacht, nachdem ich die Müllhalde entdeckt hatte, zeigte ich sie sofort

Nummer 3. Ich wollte sicherstellen, dass er nicht versehentlich einem Geruch hierher folgte und mitten in die Höhle des Löwen spazierte. Und doch passierte schon bald etwas vollkommen Unerwartetes. Es war eine Nacht wie jede andere. Der Himmel war wolkenbehangen, sodass es eine Weile dauerte, bis sich unsere Augen an die Dunkelheit gewöhnt hatten. Ich war mit Nummer 4 unterwegs, da Nummer 3 seit einigen Tagen etwas kränkelte. Anfangs hatte ich versucht das ganze wieder allein zu bewältigen. Aber der Essensbedarf war größer geworden und ich hatte mich zu sehr daran gewöhnt, nicht alleine auf meinen Ausflügen zu sein. Nummer 4 fing langsam an. An den ersten beiden Tagen begleitete er mich jeweils nur einmal und auch nicht sehr weit. Egal wie groß er hier in unserem Versteck immer tat, mutig war er nicht gerade. Nun standen wir wieder einmal in der frischen Nachtluft. Nummer 3 ging es zwar schon besser, aber er war noch zu schwach, um sich hier draußen sicher zu bewegen. Inzwischen traute Nummer 4 sich etwas weiter mit mir heraus. Auch ihm hatte ich den Trick mit der Nase beigebracht. Bis jetzt hatten wir noch nichts Essbares gefunden und ich war geringfügig am Verzweifeln. Ich vertraute Nummer 4 noch nicht genug, um so lange mit ihm hier draußen herumzulaufen. Der Himmel klarte langsam auf und der Vollmond warf sein ganzes Licht auf die Welt. Das machte unseren Ausflug nur gefährlicher, da alles noch viel besser zu sehen war. Mein ausgeprägtes Gehör vernahm Stimmen aus einem der Häuser. Es war eines mit so einem Leuchtschild an der Tür, wo sich am Wochenende immer Menschen tummelten. Ich wollte gerade Nummer 4 nehmen und umkehren, als dessen Nase ganz plötzlich in die Luft schnellte. Er hatte etwas vernommen. Und ich wusste ganz genau was er roch, denn auch ich hatte schon das Kitzeln in der Nase gespürt. „Dort vorne!", rief er und rannte los, bevor ich ihn aufhalten konnte. „Nummer 4, nein!", schrie ich. Mir war vollkommen egal, ob mich jemand hören oder sehen konnte, ich musste Nummer 4 stoppen, bevor er in sein Verderben rannte. Ich folgte ihm innerhalb von Sekundenbruchteilen, doch er hatte bereits einen enormen Vorsprung. Angst machte sich in meiner Magengrube breit. In meinem Kopf begannen die Gedanken Amok zu laufen. Ich machte mir direkt Vorwürfe, dass ich die anderen hatte herausgehen lassen. Wäre ich nicht so dumm und verantwortungslos gewesen und hätte meine Aufgabe weiter allein bewältigt. Ich hatte Mama versprochen, dass ich auf meine Geschwister aufpassen würde und jetzt war ich im Inbegriff den nächsten zu verlieren. Doch diese Gedanken halfen mir jetzt auch nicht weiter, deswegen versuchte ich mich wirklich zusammenzureißen. Es war nicht leicht, die eigenen Gedanken kann man nicht so wirklich unter Kontrolle bringen. Nummer 4 verschwand gerade um eine Ecke, wodurch ich den Blickkontakt verlor. Direkt wurde ich noch panischer und mein Puls schlug noch einen Ticken schneller, wenn das überhaupt möglich war. Ich versuchte mein Laufen noch einmal zu beschleunigen, wodurch ich beinahe über meine eigenen Pfoten stolperte. Endlich hatte ich die Ecke erreicht, bekam nur knapp die Kurve, hatte Nummer 4 aber wieder im Blick. Warum nur lief er stur weiter? Warum hörte er nicht auf mich? Er wusste ganz genau wie gefährlich das war. Mein Kopf quälte mich weiter mit diesen Gedanken, mit diesen Schuldgefühlen. Was hatte ich falsch gemacht? Mein Bruder verringerte ganz plötzlich das Tempo, der Abstand zwischen uns wurde endlich merklich kleiner. Ein Funke Hoffnung machte sich in mir breit, vielleicht war er ja doch noch zur Vernunft gekommen. Doch der Funke erlosch jäh wieder, als Nummer 4´s Nase nach links oben in die Luft zischte. Hin zu den gefährlichen Häusern, hin zu einem dieser leuchtenden Schilder. „Nein!", schrie ich so laut ich konnte. Meine Beine verknoteten sich, als ich versuchte noch schneller zu laufen. Doch es war bereits zu spät. Ich roch, was er roch. Ich wusste welcher Instinkt ihn in dieses Haus trieb. Ich hatte dem selbst schon oft widerstehen müssen. Er hatte Hunger. Wir hatten bereits gestern viel zu wenig Essen gefunden und das meiste davon an unseren kranken Bruder abgegeben. Er musste wieder zu Kräften kommen, er brauchte das Essen dringender. Und nun dieser Geruch von köstlichem, frischem Fleisch. Seine naive Seele hatte dem nicht widerstehen können. Er rannte durch die gerade aufgehende Tür in das Haus. Laute Stimmen, der Geruch von Essen und der Rauch der Zigaretten drangen auf die Straße hinaus. Als die Menschen den kleinen Welpen entdeckten, wurden die Schreie laut. Der Instinkt zu helfen, wich dem Urinstinkt der Angst und dem Wissen, dass ich nichts tun konnte. Das letzte, was ich hörte, bevor die Tür die Geräusche wieder dämpfte, waren die schmerzverzerrten Schreie meines Bruders. Die Tür wurde noch ein weiteres Mal aufgerissen und jemand schrie: „Und ist da noch so ein verdammter Köter, Lui?" Erschrocken verkroch ich mich in der Seitenstraße neben dem Haus hinter einer alten, modrig-riechenden Kiste und ließ den Tränen freien Lauf. Ich wollte zurückgehen, sicherstellen das Nummer 3 oder Nummer 5 aus Sorge nicht irgendwas Dummes taten, doch ich fand die Kraft dazu nicht. Träne um Träne tropfte auf den trockenen Boden. Ich musste eingeschlafen sein, denn als ich wieder erwachte, war die Nacht bis kurz vor die Dämmerung fortgeschritten und um mich herum war es vollkommen still geworden. Ich traute mich aus meinem sicheren Versteck und wollte mich gerade auf den Heimweg machen, als mir ein seltsam vertrauter Geruch in die Nase stieg. Ich folgte ihm vorsichtig. Hinter dem Haus kam man in einen kleinen Hof. Riesige Müllberge türmten sich an den Wänden und in einem davon entdeckte ich meinen Bruder. Sofort rannte ich hin. Die Tränen liefen wieder, als mich sein leerer Blick traf. „Es tut mir leid, Star", flüsterte ich ihm zu, während ich mit meinen Pfoten sanft seine Augen schloss, „es tut mir so leid!" Ich erinnerte mich, wie er diesen Namen immer voller Stolz genannt hatte, wenn unsere Mutter gefragt hatte, wie wir denn gerne heißen würden, wenn wir einmal groß waren.

Mir war der Appetit eigentlich vergangen, trotzdem aß ich noch etwas auf dem Rückweg und nahm auch wenigstens ein bisschen für die anderen zwei mit. Schwerfällig lief ich zurück zum Versteck. Die Tränen nässten immer noch das Fell unter meinen Augen. Ich spürte wie die Sonne bereits den Horizont kitzelte, um die Welt in ihr warmes Licht zu tauchen. Ich schaffte es gerade noch rechtzeitig zurück ins Versteck. Auch wenn mir das im Moment sowieso egal war. Ich weiß, ich sollte so etwas nicht sagen, doch ich war emotional einfach komplett am Ende. Ich wusste einfach nicht weiter. Die anderen zwei empfingen mich erleichtert und machten sich über das Essen her wie ausgehungerte Ratten. Nummer 3 schien es schon etwas besser zu gehen, zumindest hatte er wieder einen regen Appetit. Erst nachdem das Essen schon größtenteils verspeist war, blickten Nummer 5´s erschrockene Augen hinter mich auf die heller werdende Außenwelt. Auch Nummer 3 realisierte innerhalb von Sekunden, dass ein Bruder fehlte. „Wo…?", wollten sie fragen, doch die Stimmen erstarben gleichzeitig direkt wieder, als ihre Blicke meinen trafen. „Es tut mir leid", flüsterte ich mit tränenerstickter Stimme, „er hat sich von einem Geruch aus einem Leuchtschild-Haus verführen lassen. Ich konnte ihn nicht mehr aufhalten. Das ist alles meine Schuld. Ich bin ein furchtbarer großer Bruder. Ich hätte niemals einen von euch den Gefahren der Welt dort draußen aussetzen dürfen. Ich habe Mama und auch mir selbst versprochen, dass ich auf euch aufpasse und euch nach bestem Gewissen versorgen werde. Doch nun trage ich bereits die Schuld für das Ende zweier Leben!" Die Tränen begannen wieder das Fell unter meinen Augen zu durchtränken. Ich konnte gar nicht in Worte fassen, wie schlecht und vor allem schuldig ich mich fühlte. Meine kleine Schwester versuchte mich zu beruhigen, mit aufbauenden Worten auf mich einzureden, doch nichts konnte mich aufbauen, nichts konnte den Stein von meinem Herzen und die Schuld von meinen Schultern nehmen. Ich ging zu dem alten Kissen in die hinterste Ecke und rollte mich immer noch weinend mit dem Gesicht zur Wand dort zusammen. Nummer 5 wollte mir folgen, weiter auf mich einreden, doch Nummer 3 hielt sie mit der Pfote sanft zurück: „Lass ihn, Kleine. Er muss jetzt eine Weile allein sein. Nichts was du sagst oder tust, kann gerade irgendetwas an seinen Gedanken und Schuldgefühlen ändern." Nummer 5 schien sich geschlagen zu geben, denn ich wurde in meiner Trauer nicht gestört.

3

Als ich am frühen Nachmittag wieder aufwachte, konnte ich meine Geschwister nicht sofort entdecken. Ich bekam schon Panik, dass ihnen ebenfalls etwas passiert sein könnte. Doch dann entdeckte ich sie unten am Wasser. Sie saßen nebeneinander und betrachteten eine Metalldose, die gerade an ihnen vorbei trieb. Deswegen hatten sie noch nicht bemerkt, dass ich wach war. Ich ging zum Eingang und streckte meine Glieder. Es regnete draußen. Mama hatte einmal gesagt, dass dieses Versteck zwar perfekt sei, aber wenn der Regen komme, müssten wir umziehen. Somit wurde mir noch eine weitere Sorge ins Herz gelegt. Es schien bereits den ganzen Vormittag zu regnen, denn erst jetzt fiel mir auf, dass das Wasser in unserer Höhle bereits gestiegen war. Vielleicht saßen die beiden gar nicht wegen der Metalldose dort, sondern wegen dieser Tatsache. Langsam lief ich zu ihnen. Nummer 3 entdeckte mich als erster und warf mir nur ein aufmunterndes Lächeln zu. Er sah schon viel besser aus. Nummer 5 schien es bemerkt zu haben, denn sie schnellte direkt herum und blickte mich mit ihren immer strahlenden Augen an. „Nummer 1, du bist wach", schrie sie und kam auf mich zu gerannt.

Sie vergrub ihre feuchte Nase in meinem Fell und flüsterte: „Es wird alles gut. Niemand gibt dir die Schuld für irgendetwas. Wir müssen nach vorne schauen." „Sie hat recht", sagte Nummer 3 und kam ebenfalls auf uns zu. Dieses Vertrauen meiner Geschwister tat mir gerade wirklich gut, mir ging es direkt etwas besser, doch die Sorge in meinem Herzen blieb bestehen. Ich nickte ihnen dankbar mit einem leichten, aber ehrlichen Lächeln zu. Nummer 5 schien das zufrieden zu stellen, denn sie begann direkt wieder drauf loszuplappern: „Hast du das gesehen, Nummer 1? Da fällt Wasser vom Himmel und der Bach hier kommt höher. Was hat das zu bedeuten? Wir können doch nicht hierbleiben, wenn das ganze Wasser in unser Versteck kommt. Was sollen wir denn dann tun?" „Aber Nummer 5, langsam, hör auf so schnell zu reden!", versuchte Nummer 3 das kleine Mädchen zu stoppen, was ihm nur mit Mühen gelang, „wir hatten alle einen harten Tag hinter uns und wir sollten uns jetzt erstmal ausruhen, bevor wir unser weiteres Vorgehen besprechen." Nummer 5 setzte sich hin und hielt zumindest für eine Weile den Mund. Nummer 3 hatte zwar Recht, aber das half mir in diesem Moment nicht weiter. Und vor allem konnte ich es nicht beherzigen. Egal wie fertig ich gerade war, egal wie schrecklich ich mich derzeit fühlte, das Leben ging weiter. Der Regen kam und er würde das Wasser ansteigen lassen. Unser Versteck wäre dann nicht mehr sicher. Ich konnte diese Tatsache nicht einfach ignorieren und mich entspannen. So jemand war ich nie und werde ich auch nie sein. Trotzdem stimmte ich Nummer 3 zu, für den Anfang jedenfalls. Die anderen zwei begannen kurze Zeit später ein altes Spiel zu spielen, dass wir schon mit unserer Mutter gespielt hatten. Ich wusste das Nummer 3 dies nur tat, um Nummer 5 von all dem abzulenken. Ich war ihm unglaublich dankbar dafür. Die beiden hatten mich gebeten mitzuspielen, doch im Moment wollte ich einfach nur ein bisschen alleine sein. So hatte ich Zeit über alles nachzudenken. Die anderen beiden hatten mir Kraft gegeben, um weiterzuleben, um nicht aufzugeben. Nun musste ich diese Kraft nutzen, um den verbleibenden Teil der Familie zu beschützen. Ich zerbrach mir den Kopf darüber, wie ich das Problem mit dem steigenden Wasser lösen konnte. Ich hatte noch keine Lösung gefunden, als die Dunkelheit hereinbrach. Es hatte bereits vor einiger Zeit aufgehört zu regnen, doch das Wasser war bis dahin erschreckend weit gestiegen. Ich konnte mich nur geringfügig entspannen, doch ich freute mich darüber, dass ich nicht im Regen rausgehen musste. Mir war klar, dass Nummer 3 wieder mitkommen wollen würde, schließlich ging es ihm wieder wirklich gut, doch ich würde sein Anliegen ablehnen müssen. Es war von Anfang an ein Fehler gewesen, jemanden mit dort rauszunehmen und gestern hatte ich den Preis für diese Fehlentscheidung gezahlt. Nun musste ich das alles also wieder allein bewältigen. Es würde eine Herausforderung werden, schließlich war unser Konsum enorm gestiegen. Auch wenn wir weniger Personen waren, war es immer noch mehr als zu dem Zeitpunkt, wo ich noch allein losgezogen war. Ich saß schon den ganzen Tag vor dem Ausgang, während die anderen etwas weiter weg lagen und träumten. Nummer 5 trat immer wieder mit den Pfoten aus, als würde sie etwas im Traum jagen. Nummer 3 hatte nur zeitweise die Augen geschlossen, die meiste Zeit beobachtete er unsere kleine Schwester. Immer wieder musste er ein Stück zur Seite rücken, weil ihre hektisch zappelnden Pfoten ihn irgendwie doch wieder trafen. Ich zog den leeren Müll von gestern nach draußen und lief dann noch kurz wieder hinein, um noch mal einen Schluck zur Kräftigung zu trinken. Während ich dort am Wasser stand, tauchte plötzlich das Spiegelbild meines Bruders neben mir im Bach auf. „Können wir los?", fragte er mich direkt, als ich meinen Kopf hob. Ein mulmiges Gefühl machte sich in meinem Bauch breit, als ich darüber nachdachte, wie ich es ihm sagen sollte. Da ich mir nicht anders zu helfen wusste, entschied ich mich für eine Notlüge: „Nummer 3, hör mir zu. Ich werde heute allein gehen. Nach allem was passiert ist, fände ich es besser, wenn ich erstmal ohne dich da rausgehe. Ich will auch nicht das Nummer 5 hier allein ist und du bist immer noch nicht vollständig fit. Auch wenn du dich vielleicht so fühlst, aber so eine Krankheit darf man nicht auf die leichte Schulter nehmen. Ich fände es besser, wenn du dich noch ein bisschen mehr ausruhst." Ich konnte es in seinen Augen sehen, dass er noch an meinen Worten zweifelte, deswegen fügte ich noch hinzu: „Es ist eine wichtige Aufgabe auf das Versteck und Nummer 5 aufzupassen. Ich habe sie schrecklich lieb, aber sie ist ganz einfach zu naiv für diese Welt." Ich schien ihn irgendwie überzeugt zu haben, auch wenn ich spürte, dass da noch ein geringer Widerstand in seinem Herzen lag. Trotzdem nickte er mit gesenktem Kopf. Bevor er seine Meinung ändern konnte, drehte ich mich um, warf Nummer 5 ein Lächeln zu und lief los. Den zuvor hinausgezogenen Abfall zog ich noch ein ganzes Stück weiter weg, sodass kein anderer Straßenhund auf die Idee kommen könnte, auf Verdacht erfolgreich nach uns zu suchen. Auch wenn ich sehr viel geschlafen hatte, war ich trotzdem unglaublich müde. Ich hatte sehr unruhig ge-

schlafen, schreckliche Alpträume hatten mich geplagt. Meine Augen fühlten sich an, als würden sie
jeden Moment zu fallen, doch ich kämpfte tapfer
dagegen an. Zum Glück fand ich innerhalb von Sekunden etwas Essbares, dass ich mit wenig Anstrengung zurück zum Versteck bringen konnte.
Nummer 5 erwartete mich voller Vorfreude am
Eingang. Sie stürzte sich sofort auf das Essen und
man sah die Zufriedenheit in ihren Augen aufblit-
zen. Nummer 3 saß mit leicht beleidigtem Blick in
einer Ecke, doch auch ihn übermannte der Hunger
schon bald und er stürzte sich mit seiner Schwester
auf die leckeren Knochen. Ich konnte mich zurückhalten und zog stattdessen direkt wieder los, um
noch mehr zu besorgen. Diesmal suchte ich erstmal
etwas für mich selbst, bevor ich weiter für die anderen suchen würde. In meinem Kopf kamen die anderen zwei an erster Stelle, doch ich brachte ihnen
nichts, wenn ich selbst verhungerte. Ich entdeckte
ein paar Karotten, die schon weich wurden, aber
definitiv noch genießbar waren. Ich aß ein bisschen
davon, doch mit den Ereignissen der letzten Tage,
war mein Appetit so gut wie verloren gegangen.
Wieder einmal wollten sich die Tränen in meine
Augen schleichen, doch ich kämpfte tapfer dagegen
an. Nachdem ich genügend gegessen hatte, um
meinen Bedarf halbwegs ausreichend zu decken,

zog ich wieder weiter, um noch mehr für meine Geschwister zu suchen. Gefühlte Stunden lief ich durch die Straßen. Endlich hatte ich etwas gefunden, weit weg, und war dabei es zurück in unserem Versteck zu ziehen. Doch der Weg war unglaublich lang. Es dauerte ewig, bis ich auch nur den halben Weg geschafft hatte. Doch ich hatte vorher einfach nichts finden können. Vielleicht war es doch ein Fehler gewesen allein loszuziehen, zu zweit wären wir schon lange beim Versteck angekommen. Doch diese Zweifel brachten mir im Moment auch nichts. Denn meinen Fehler eingestehen, zurücklaufen, Nummer 3 holen und wiederherkommen, wollte ich erstens nicht und außerdem reichte dafür die Zeit nicht mehr. Also zog ich weiter tapfer das schwere Essenspaket über die leere Straße. Plötzlich fiel mir auf wie ruhig es auf einmal war. Die meisten würden diese Stille für etwas Gutes halten. Doch es war zu ruhig. Normal wäre gewesen, wenn man immer wieder leise Geräusche vom ächzenden Gemäuer der Häuser, den nachtaktiven Nagern und Vögeln und vor allem von den Menschen gehört hätte. Doch es war vollkommen still. Vielleicht täuschte mich mein Bauchgefühl auch nur, das wäre nicht verwunderlich. Trotzdem hielt ich sofort inne und schaute mich um. Als ich nichts entdeckte, zog ich mich noch ein Stück weiter in den Schatten zurück und ging dann weiter. Dann hörte ich das Lachen anderer Hunde. Ich erinnerte mich, dass ich mich in der Nähe diese riesige Müllhalde befand. Aber die Stimmen waren viel zu nah, denn ich machte immer einen Bogen um diesen Ort. Ich duckte mich unter einen riesigen Busch und versuchte auch das Essen nachzuziehen, doch das gelang mir leider nicht, bevor die anderen Hunde um die Ecke kamen. Stattdessen versteckte ich nur mich selbst. Die Hunde liefen die Straße entlang und unterhielten sich freudig und laut, als würden sie sich vor nichts fürchten. Sie waren stark und sie waren eine große Gruppe. Und sie steuerten direkt auf mich zu. Ängstlich blickte ich die Schale an, die nicht weit von mir verräterisch auf der Straße lag. Bis jetzt hatte noch keiner der Hunde mich oder die Schale entdeckt. Je näher sie kamen, desto flacher wurde mein Atem. Sie durften die Schale nicht entdecken. Sie würden Verdacht schöpfen, dass ein anderer Straßenhund sie hierhergebracht hatte, da es weit von jedem anderen Müll entfernt lag und sie würden dann nach mir suchen. Meine Mutter hatte mich schon früh vor solchen Gruppen gewarnt, erinnerte ich mich schlagartig. Sie waren skrupellos und sahen jeden anderen Hund als Feind an, den man aufhalten musste. Ich drückte mich noch weiter an die Wand. Schritt für Schritt kamen sie näher.

Sie waren zu fünft unterwegs, alle ausgewachsen und soweit ich das sehen und beurteilen konnte, männlich. Nicht unweit dahinter kam noch ein sechster Hund um die Ecke stolziert. Diesmal eine Hündin, etwas jünger als die anderen und mit seidigem, langem Fell. Sie war wunderschön und schien aus sich selbst heraus zu strahlen. Ich war so fasziniert von der jungen Hündin, dass ich für eine kurze Zeit die Beobachtung der 5 Hunde vergaß. Als ich meinen Blick wieder auf sie richtete, waren sie bereits auf meiner Höhe. Bis jetzt schienen sie das Essen in der Schale noch nicht entdeckt zu haben. Die Hoffnung in meinem Herzen wurde mit jedem Schritt größer, den sie sich wieder von mir entfernt. Doch schlagartig wurde meine Hoffnung zerschlagen, als sich die Nase des einen schnüffelnd in die Luft reckte. Mein Herzschlag schnellte in die Höhe. „Was ist los, Rocco?", fragte einer seiner Kumpanen ihn und sah ihn fragend an. Der mit Rocco angesprochene Hund senkte seine Nase wieder, als hätte er den gerade noch wahrgenommen Geruch bereits wieder verloren und murmelte dann: „Ich dachte ich hätte etwas gerochen, lass uns einfach weiter gehen." Die Gruppe ging weiter, mein Herzschlag beruhigte sich wieder. Ich wollte gerade die vor Schreck angehaltene Luft aus meinen brennenden Lungen lassen, als der Hinterste von ihnen, der am Verwahrlosesten aussah, doch noch etwas sagte: „Halt, Stopp. Ich glaube jetzt habe ich es auch gerochen. Riecht wie gutes Fleisch." Und genau das war in der Schale, die nur unweit von mir auf der dunklen Straße stand. Diesmal stieg mein Puls ins Unermessliche, als sie stehen blieben und sich in alle Richtungen umsahen. „Nein, nein, nein! Das darf einfach nicht passieren!", wiederholte die Stimme in meinem Kopf unermüdlich, sodass ich keinen klaren Gedanken mehr fassen konnte. Die Angst legte sich wie ein riesiger Kloß in meinen Hals und erschwerte mir das Atmen, während die fünf Hunde nun alle mit erhobenen Nasen durch die Gasse liefen. Die Hündin hatte sich zurückgehalten und betrachtete nur aus der Ferne das Geschehen. Zwei von ihnen näherten sich immer weiter. Bis sie dann die Schale entdeckten. Die geringe Hoffnung, dass sie sich einfach mit der Beute zufriedengeben und nicht nach mir suchen würden, war geblieben, aber ich glaubte nicht daran. Und meine Vermutung, die gleichzeitig meine größte Angst war, sollte sich bestätigen. „Schau mal, was ich hier gefunden habe, Boss!", sagte einer der beiden und lockte so die restliche Gruppe direkt hierher. Sie stürzten sich sofort auf das Essen. Rocco, der scheinbar der Boss war, durfte natürlich als erster, doch sie schienen bereits gegessen zu haben, denn es schlugen alle nur halbherzig zu. Die Hündin war inzwischen nähergekommen und Rocco brachte ihr mit einer furchtbaren Anmache ebenfalls eine Fleischkeule. Sie schien es eher zu ertragen, als dass es ihr gefiel. Währenddessen versuchte ich verzweifelt einen Ausweg aus meiner Situation zu finden, einen Fluchtweg von hier, der mich in Sicherheit bringen würde. Als die Schale so gut wie leer war, im Gegensatz zu uns waren sie nicht sehr gründlich, flüsterte einer von ihnen: „Wo er wohl sein mag?" Rocco lachte hämisch und rief: „Ja, dann lass uns mal auf die Suche gehen. Weit kann er ja nicht sein!" Das war mein Kennwort, ich musste hier weg. Ich hatte vorhin bei meiner Suche eine Lücke hinten im Busch gesehen. Rückwärts schob ich mich nun immer weiter an diese Lücke heran. Viel Zeit hatte ich nicht, mein sehr spezifischer Hundegeruch würde sie schon sehr bald auf meine Fährte bringen. Am liebsten wäre ich einfach losgerannt. Der Kloß in meinem Hals schien mit jedem Atemzug größer zu werden. Ich war inzwischen bei der Lücke angekommen und schob mich langsam nach draußen, immer die anderen Hunde im Blick. Zum Glück schienen sie alle nicht sehr intelligent zu sein, denn sie suchten zuerst die Straße ab, statt nach Versteckmöglichkeiten, wie meinem Busch, zu sehen. Als gerade alle in eine komplett andere Richtung schauten, rannte ich los. Die Blicke der Hündin und mir trafen sich, doch zu meiner Erleichterung sagte sie nichts. Als ich bereits einige Meter die Straße hinabgerannt war, schaute ich nach vorne, um nicht auf den letzten Metern noch zu stolpern. Und genau in dem Moment passierte es. Einer von ihnen schrie wie wild: „Los Rocco, da vorne ist er. Der will abhauen. Luk halt ihn auf!" Innerhalb von Sekundenbruchteilen waren 5 ausgewachsene Hunde hinter mir. Ich überschlug mich fast, weil mein Körper schneller vorpreschen wollte, als es meine Beine zuließen. Das Adrenalin entfesselte ungeahnte Kräfte in mir, ich lief schneller als ich es je für möglich gehalten hätte. Doch es reichte nicht, ich hörte die Meute hinter mir näherkommen. Egal wie schnell ich lief, meine Beine waren kürzer als ihre und so hatten ihre Schritte eine viel größere Reichweite als meine. Ich würde ihnen nicht davonlaufen können. Meine einzige Chance lag darin, dass ich eine Möglichkeit fand mich vor ihnen zu verstecken oder einen Durchgang, den nur ich passieren konnte. Und schon entdeckte ich eine solche Rettung. Links von mir in einem Hinterhof war ein großer Mülleimer auf Rollen. Die Rollen sollten festgestellt sein und darunter war ein Spalt, der groß genug für meinen kleinen Welpenkörper sein sollte. In letzter Sekunde schlug ich einen Haken nach links, bei dem ich mich nur knapp auf den Füßen halten konnte, der jedoch meine Verfolger reichlich aus dem Konzept brachte. Ihre bereits ausgewachsenen Beine waren nicht für eine solche Wende gemacht und so mussten sie zuerst abbremsen, um die Kurve zu meistern. Das verhalf mir zu genau dem Vorsprung, den ich brauchte, um rechtzeitig unter der Mülltonne zu verschwinden. Knurrend versammelten sich meine Feinde um die Tonne, während ich bis in die hinterste Ecke robbte. „Was nun, Boss?", fragte einer von ihnen, „wir können den Knirps doch nicht einfach davonkommen lassen. „Oh nein, und ich habe auch schon einen Plan", hörte ich die hämische Stimme des Anführers sprechen. Ich bekam es mit der Angst zu tun, als es um mich herum still wurde. Hatte ich etwas übersehen? War mein Plan doch nicht so genial, wie ich gedacht hatte? Doch es blieb still um mich herum. Ich musste wissen, was da draußen los war. Als ich gerade wieder ein Stück nach vorne robben wollte, um einen Blick nach draußen zu werfen, begann die Mülltonne über mir zu schwanken. Das durfte doch einfach nicht wahr sein. Die 5 Hunde schienen sich immer wieder mit all ihrer Kraft gegen die Tonne zu werfen. Mir war nicht ganz klar was sie damit bezwecken wollten, schließlich waren die Rollen wie vermutet, festgestellt.

Doch dabei unterschätzte ich deren Kraft. Denn nun entdeckte ich, dass sich das Ding bereits um einige Millimeter bewegt hatte. Außerdem hob es auf der linken Seite immer wieder gefährlich vom Boden ab. Ich hatte etwas übersehen, ich hatte bei meinem Plan etwas nicht bedacht. Vielleicht hätte ich es auch gar nicht bedenken können. Denn die Mülltonne, unter der ich Schutz gesucht hatte, war so gut wie leer und meine Feinde waren 5 starke Rüden. Und vielleicht noch eine Hündin, denn über ihre Beteiligung war ich mir nach vorhin nicht ganz sicher. Wieder einmal suchte ich verzweifelt nach einem Ausweg aus meiner Situation. Ihre Hinterpfoten konnte ich auf der einen Seite des Müllcontainers erkennen, also rannte ich aus Verzweiflung völlig planlos in die andere Richtung los. Es war nur eine geringe Chance, aber dazubleiben wäre mein Todesurteil gewesen. Leider entdeckte einer von ihnen mich sofort und schrie: „Rocco, der will schon wieder abhauen!" Sofort waren sie mir wieder alle auf den Fersen und innerhalb von Sekunden hatten mich ihre langen Beine eingeholt. Zwei riesige Mäuler erfassten mich gleichzeitig an der rechten Hinterpfote und im Nacken. Sie warfen mich zu Boden und der Aufprall presste schmerzhaft die Luft aus meinen Lungen. Mir wurde schwarz vor Augen und ich verlor für ein paar Sekunden das Bewusstsein. Als ich wieder zu mir kam, schmerzte jede Stelle an meinem Körper. Für einen Moment wusste ich nicht, wo ich mich befand und was um mich herum geschah, ich spürte nur die Schmerzen. Langsam formten sich die wirren Farbpunkte um mich herum wieder zu reellen Formen und Gestalten. Ich spürte wie mich einer der Hunde unsanft im Nacken packte und mich gegen die Wand schleuderte. Wieder schossen Schmerzen durch meinen Körper, doch diesmal blieb ich bei Bewusstsein. Plötzlich hörte ich die wunderschöne Stimme der Hündin über dem Gebrüll der anderen Hunde: „Rocco, hör verdammt nochmal auf. Er ist noch ein Welpe und das mit Sicherheit ohne Eltern. Er ist keine Bedrohung für dich. Auch ohne dein Beitun wird er die nächsten Wochen vermutlich nicht überleben. Also lass ihn nun endlich in Ruhe und der Rest von euch auch!" Zuerst schien es keine Wirkung zu zeigen, doch dann ließen die ersten beiden Hunde von mir ab. Als Rocco einmal laut bellte, wich auch der Rest zurück. Sie warfen einen letzten verächtlichen Blick auf mich und liefen dann mit erhobenen Köpfen davon. Der Schmerz betäubte mich, sodass ich noch eine Weile regungslos da lag. Irgendwann wurde mir bewusst, dass es bald hell werden würde. Ich versuchte verzweifelt mich aufzuraffen, doch mein Körper wollte mir nicht gehorchen und jede kleinste Bewegung ließ mich vor Schmerzen nach Luft schnappen. Ich schmeckte mein eigenes Blut und mein rechtes Auge war komplett zugeschwollen. Vermutlich waren sogar einige Knochen gebrochen und ich hatte spürbare Bissspuren an meinem rechten Hinterbein. Als dann schon bald der erste Sonnenstrahl über den Horizont lugte, schaffte ich es endlich mich zu bewegen. Ich schliff meinen reglosen Körper in eine Holzbox, die seitlich am Wegrand stand. Meine Hinterbeine waren dabei nicht von Nutzen, ich konnte sie nicht mehr aufstellen. Tränen nässten nun hier in dem Versteck, was man halbwegs sicher nennen konnte, das Fell unter meinen Augen ein. Ich hatte versagt. Ich wusste nicht, wie es dazu gekommen war. Ich war immer so vorsichtig gewesen und hatte die großen Reviere der Straßenhunde gemieden, aber irgendwas war diese Nacht anders gewesen. Auch Gewohnheitstiere verlassen mal ihr Terrain. Der Himmel wurde immer heller, um mich wurde es immer lauter und ich wurde immer stiller. Ich versuchte mich wachzuhalten, aufzupassen, dass mich auch ja niemand entdeckte, aber meine Kraft versagte. Ich fiel in einen traumlosen und unruhigen Schlaf. Immer wieder ließen mich die Schmerzen aufschrecken. Die Zeit schien nicht zu vergehen. Ich hatte das Gefühl schon ewig hier zu liegen und immer noch war es laut um mich herum. Plötzlich näherte sich jemand meinem Versteck. Sie sprachen nicht die Sprache, die ich von den anderen Menschen um mich herum gewohnt war. Ich wurde panisch und kroch noch ein Stückchen weiter nach hinten in die Ecke. Doch zwischen den Latten der Holzbox sah ich die paar Beine in Jeanshosen immer weiter auf mich zukommen. Ich wusste, ich konnte nicht wegrennen. Ich konnte mich ja kaum bewegen. Deswegen kniff ich einfach die Augen zu, so fest ich konnte, und betete zu Gott, falls ein solcher überhaupt existierte, dass sie mich nicht wirklich entdeckt hatten. Dann spürte ich die Hand an meinem Kopf. Ich konnte mich nicht zusammenreißen und ich begann zu schreien. Ich schrie und schrie und schrie. Der Mensch, der mir gerade über den Kopf gestrichen hatte, redete auf mich ein. Doch ich kniff weiter meine Augen zusammen und schrie. Die Hand griff unter meinen Bauch und hob mich aus der Holzbox heraus. Schmerzen durchzuckten meinen Körper, doch so langsam ging mir die Stimme aus. Ich verschluckte mich wieder an meinem Blut. Ich spürte noch, wie ich an einen weichen Pullover gedrückt wurde und im nächsten Moment war ich wieder bewusstlos.

4

Ich hatte seltsame Träume. Meine Mutter kam darin
vor. Sie war wunderschön und ein warmes Licht
ließ ihr seidenweiches Fell funkeln. Sie schritt langsam auf mich zu und sprach zu mir. Sie sagte mir,
dass alles gut werden würde, ich solle nur darauf
vertrauen. Dann kam ich wieder zu Bewusstsein.
Ich spürte immer noch den weichen Pullover auf
meiner Haut. Ganz langsam öffnete ich die Augen
und stellte zu meiner Beruhigung fest, dass ich immer noch an derselben Stelle war und das mir
nichts weiter geschehen war. Trotzdem blieb die
Angst. Ich befand mich in schwindelerregender
Höhe in den Händen eines Menschen. Daneben
stand noch einer. Er hatte kurze braune Haare und
einen helleren Hautton als die Menschen, die ich
bisher gesehen hatte. Die beiden sprachen miteinander, während der Mensch, der mich auf dem
Arm hielt, sanft begann meinen Kopf zu streicheln.
Irgendwie tat das gut, doch der Schmerz saß immer
noch tief in meinen Knochen. Ich wollte weg hier,
zurück zu meinen Geschwistern, sie brauchten mich
doch. Aber bei jeder Bewegung begannen die
schwarzen Punkte vor meinen Augen wieder zu
tanzen. Als ich versuchte mich aus dem Griff des

Menschen zu befreien, richtete sich seine Aufmerksamkeit wieder auf mich. Ich konnte nun erkennen, dass dieser Mensch lange braune Haare hatte. Sie sah mich mit ihren funkelnden blauen Augen an und fragte mich, warum ich denn weglaufen wollte. Dann setzte sie sich in Bewegung. Es fühlte sich an, als würde ich von kleinen Wellen hin und her gewogen werden. Wie die Metalldose, die ich vor nicht allzu langer Zeit mit meinen Geschwistern beobachtet hatte. Wir liefen die Straße entlang, und mir wurde bewusst, dass wir uns dem Versteck näherten. Ich war so müde und fühlte mich so schwach, ich wollte einfach nur schlafen. Aber der Gedanke an meine Geschwister hielt mich dennoch wach. Wir kamen dem Versteck immer näher, es war helllichter Tag und ich war ungemein erleichtert, als ich keinen im Eingang sah. Aber ich musste zu ihnen, ich musste mit ihnen reden! Wie sollten sie ohne mich überleben? Wo würden mich diese seltsamen Menschen hinbringen? Ich war mir nicht sicher, was sie von mir wollten. Meiner Erwartung nach hätten sie mich schlagen sollen, denn genau das taten sie für gewöhnlich nach Mamas Aussage. Aber sie redeten mit freundlicher Stimme auf mich ein, versuchten mich so vorsichtig wie möglich zu berühren und trugen mich weiter unbeirrt die Straße entlang. Wir waren inzwischen fast da und in-

zwischen war mir klar, dass sie mich einfach weiter-
tragen würden, ich würde nicht zu meinen Geschwistern zurückkönnen. Ich hatte nicht die Kraft,
mich aus den Armen des Menschen zu befreien.
Und wirklich, wir liefen schnurstracks an dem Eingang zum Versteck vorbei. Einerseits war ich erleichtert, weil sie so meinen Geschwistern nichts
anhaben konnten, andererseits wusste ich einfach
nicht, was ich jetzt tun sollte. Ich konnte die beiden
nicht auch noch im Stich lassen. Und dann, ohne
genauer darüber nachzudenken, gab ich mit letzter
Kraft ein schwaches Bellen in Richtung Versteck
von mir. Innerhalb von Sekunden tauchte der Kopf
meiner kleinen Schwester im Eingang auf. Sie entdeckte mich auf dem Arm des Menschen und begann wie wild zu bellen. „Nein, Nummer 5. Nein!",
rief ich, denn sie würde damit nur Aufmerksamkeit
auf sich ziehen. Doch es war zu spät. Die Menschen,
die mich in Gefangenschaft hielten, blieben stehen
und sahen sich ebenfalls zu Nummer 5 um. Die
Kleine machte ein erschrockenes Gesicht, als hätte
sie jetzt erst bemerkt, was sie da getan hatte. Nach
einer kurzen Schockstarre schnellte sie zurück ins
Versteck. Doch die Aufmerksamkeit der beiden
Menschen hatte sie bereits geweckt. Der Mensch,
auf dessen Arm ich war, sagte: „Hey, Markus, hast
du das gesehen? Da ist noch ein Welpe." Der ande-

re, der vorausgegangen war, drehte sich ebenfalls um und kam zurückgelaufen. Ich wurde panisch und begann nun doch mich zu befreien. Dabei schoss mir dank einer unbedachten Bewegung der Schmerz zurück in den Kopf und ich wurde wieder bewusstlos. Diesmal hatte ich keine wirklichen Träume, da war nur ein schwarzes, leeres Nichts. Es dauerte lange bis ich wieder zu mir kam. Inzwischen umgab mich ein weicher, fellartiger Stoff. Ich dachte im ersten Moment ich würde wieder im Versteck bei meinen Geschwistern sein und mich schlafend an das weiche Fell meiner kleinen Schwester kuscheln. Aber mit dem Bewusstsein kam auch die Erinnerung langsam zurück. Ich öffnete vorsichtig die Augen. Die Schmerzen waren inzwischen fast noch schlimmer geworden. Ich konnte kurz erkennen, dass ich in einer Art Tasche lag, die mit einer weichen Decke ausgepolstert war. In der Richtung, die ich als oben identifizierte, sah ich Licht. Es war ziemlich laut um mich herum, ich hörte viele Motoren. Ich spürte leichte Vibrationen und das ich mich immer noch vorwärtsbewegte. In der nächsten Sekunde war ich auch schon wieder ohnmächtig. Diesmal hatte ich Albträume von den Hunden, die mich so zugerichtet hatten. Sie waren noch viel größer und verfolgten mich durch die Dunkelheit. Überall waren laute und gruselige Geräusche, ich rannte um mein Leben. Als ich diesmal erwachte, war ich wieder in einer vollkommen anderen Umgebung. Ich lag seitlich auf einer harten, aber trotzdem weichen Oberfläche. Ich spürte ein unangenehmes Pochen in meiner Seite, verbunden mit einem leichten, aber nicht unangenehmen Schmerz. Um mich herum war es diesmal extrem still. Als ich die Augen öffnete war es außerdem ziemlich dunkel. Vorsichtig versuchte ich mich aufzurichten, doch ein sanfter Druck forderte mich auf ruhig liegen zu bleiben. Gleichzeitig mit diesem Druck hörte ich wieder die Stimme von dem Menschen, der mich getragen hatte. Ich versuchte etwas zu erspähen und entdeckte im Augenwinkel ein bisschen von ihren langen braunen Haaren. Den Druck hatte ich inzwischen identifiziert und aus irgendeinem Grund machte sie mir inzwischen keine Angst mehr. Irgendwas an ihrer Art sagte mir, dass ich mir keine Sorgen machen brauchte, das sie mir eigentlich nur helfen wollte. Doch das Objekt, was sich dort seitlich in meine Haut schob, machte mir trotzdem große Angst. Plötzlich schob sich ihr Gesicht direkt in mein Blickfeld. Im ersten Moment erschreckte sie mich, als ich ihre vielen weißen Zähne sehen konnte. Aber ihr Gesichtsausdruck sah trotz gezeigter Zähne auf seltsame Weise freundlich aus. Ihre Worte waren wie auch schon vorher sehr beruhigend. Inzwischen konnte ich sie auch ein bisschen besser verstehen. „Schau mal, wen ich hier habe", sagte sie und im nächsten Moment hielt sie meine kleine Schwester in den Armen. Ich sah ein klein bisschen Angst in ihren Augen, aber ansonsten sah sie sehr entspannt aus. Als sie mich erkannte und sah das ich wach war, begannen die Worte wie wild aus ihrem Mund zu sprudeln: „Nummer 1! Oh Gott, ich habe mir solche Sorgen gemacht, ich dachte schon du wärest tot, so wie Mama. Aber du bist hier und ich bin hier und da sind diese Menschen, die sich total lieb um mich kümmern. Sie haben mir leckeres Essen gegeben, Wasser und einen tollen Platz zum Liegen." Ich versuchte leicht zu lächeln, aber die Bewegung ließ mich stattdessen mein Gesicht vor Schmerz verziehen. Erst jetzt schien sie zu bemerken, wie es mir wirklich ging, denn ihr Gesichtsausdruck änderte sich schlagartig und sie sagte für einen Augenblick gar nichts. Doch nur Sekunden später sprach sie wieder wie ein Wasserfall: „Was ist mit dir? Du siehst ja furchtbar aus. Geht es dir nicht gut? Was ist mit dir passiert, wer hat dir das angetan? Waren das diese Menschen?" Sie begann wie wild in den Armen des Menschen zu zappeln, der sie verzweifelt versuchte festzuhalten. „Sie wirkten so freundlich, ich hätte nicht gedacht, dass sie zu sowas im Stande wären", verstand ich halbwegs ihre Worte zwischen dem ganzen Gezappel. „Nein, nein, Nummer 5", versuchte ich sie zu beruhigen, „es waren die anderen Hunde!" Mehr brachte ich nicht heraus, es schmerzte zu sehr. Doch es zeigte seine Wirkung, sie hörte auf und hing wieder ruhig in den Armen des Menschen. Die sagte gerade: „Hey Kleine, was soll das denn? Du warst doch die ganze Zeit so ruhig. Dein Bruder braucht jetzt auch erstmal ganz viel Ruhe. Wir tun alles in unserer Macht Stehende, dass es ihm besser geht. Komm mit, es wird spät, du solltest schlafen gehen. Sie ging mit ihr wieder, doch nach dem was meine Schwester mir erzählt hatte und auch nach meinem eigenen Gefühl machte ich mir keine Sorgen mehr. Die einzige Frage, die in meinem Kopf blieb, war: „Wo war mein Bruder? Ich hatte ihn weder beim Versteck noch grade hier sehen können." Doch diese Frage musste bis zu einem anderen Zeitpunkt unbeantwortet bleiben, denn selbst, wenn ich mich hätte bewegen können, so übermannte mich die Müdigkeit gerade gnadenlos und ich fiel in einen tiefen traumlosen Schlaf.

Nummer 5:

Es hatte gut getan meinen Bruder einen kleinen Augenblick zu sehen. Das Mädchen hatte mich danach zurück zu dem weichen Liegeplatz gebracht. Hier waren noch ganz viele andere Hunde, zu denen ich aber bis jetzt noch nicht gehen durfte. Sie waren sehr neugierig und an mir interessiert, einige von ihnen hatten gebellt, aber die meisten schienen freundlich zu sein. Aber jetzt gerade war ich einfach nur müde und wollte schlafen. Das Mädchen hatte mich bereits wieder verlassen und die Hunde, die überall sonst waren, zogen sich nach und nach ebenfalls zurück. Ich kuschelte mich auf meiner weichen Decke zusammen und versteckte meine Nase in meinem Fell. So sah ich wie eine kleine Kugel aus, zumindest hatte Nummer 1 das immer gesagt. Meine Augenlider wurden immer schwerer. Aber ich merkte wie mir die Kälte, die sich mit der Nacht über die Welt legte, langsam in die Knochen zog. Also rückte ich noch etwas weiter in die Ecke und rollte mich noch enger zusammen. Es wurde wirklich dunkel. In unserem Versteck war es immer auch die ganze Nacht relativ hell gewesen, da der Mond direkt hineingeschienen hatte. Plötzlich wurde es aber auch hier wieder etwas hell. Das Mädchen kam wieder zurück. Mich überkam eine panische Angst, dass meinem Bruder etwas passiert sein könnte und dass ich nun ganz allein auf dieser Welt wäre. Sie hatte etwas in den Händen und kam damit immer näher. Sie lächelte, doch das beruhigte mich kein bisschen. Doch dann legte sie das große etwas neben mir ab und ich spürte eine wunderbare Wärme davon ausgehen. Sie sagte noch ein paar freundliche Worte, doch ich war schon fast eingeschlafen.

Nummer 1:

Immer wieder wurde ich geweckt, weil das Mädchen nach mir sah, die wärmende Flasche näher an mich rückte und mir Wasser und irgendeinen Sirup durch eine kleine Spritze einflößte. Das tat gut, aber eigentlich war ich einfach nur müde. Zweimal legte sie in dieser Nacht eine neue Wärmflasche zu mir, deren Wärme ich wirklich dankbar annahm. Wenn sie dann wieder das Licht löschte, entfernte sie sich nie weit von mir und ich bekam das Gefühl, das sie ebenfalls dort drüben schlief. Geweckt wurde ich schon lange bevor ihr Licht wieder anging, von einem nervigen Brummen, dass von einem kleinen Objekt direkt neben ihrem Schlafplatz ausging. Am nächsten Morgen wurde ich dann von einem leichten Sonnenstrahl geweckt und für einen kurzen Augenblick dachte ich, ich sei zurück in unserem Versteck. Doch als ich die Augen ganz öffnete, gewann ich die Orientierung zurück. Das Mädchen stand ebenfalls gerade auf. Sie kam kurz zu mir, strich mir ganz sanft mit einem Finger über den Kopf und fragte, ob es mir auch ja gut ginge. Dann ging sie durch einen Vorhang, scheinbar in einen Nebenraum. Da es mir inzwischen wirklich viel besser ging, konnte ich den Kopf heben und mich ganz leicht aufrichten. Ich nutzte die Zeit, in der sie weg war und schaute mich ein wenig in meiner Umgebung um. Meine kleine Schwester konnte ich nirgendwo sehen, aber ich hatte auch nicht vermutet, dass sie hier irgendwo bei mir war. Ich war definitiv irgendwo drinnen und lag einige Zentimeter über dem Boden auf irgendeinem Gestell. Nach draußen konnte ich nur durch ein einziges Fenster sehen. Ich konnte auch noch ein zweites Fenster an der gegenüberliegenden Wand ausmachen, aber das war von dem Schlafplatz des Mädchens verdeckt. Das Objekt, auf dem ich lag, war ebenfalls relativ groß. Der Raum wirkte kleiner als er tatsächlich war, da überall Sachen herumstanden. Als nächstes fiel mein Blick auf die Tür, die gegenüber dem Durchgang, durch den das Mädchen verschwunden war, in der Wand emporragte. Erschöpft legte ich meinen Kopf wieder ab, als das Mädchen zurückkam. Sie setzte sich neben mich und summte vor sich hin, während sie mir wieder etwas von dem Sirup und Wasser gab. Erst jetzt erinnerte ich mich an den Druck, den ich gestern

Abend verspürt hatte und das seltsame Ding in meiner Haut, das diesen verursacht hatte. Erschrocken hob ich den Kopf und schaute an mir herunter, doch wie der Druck, war auch das Ding nicht mehr da. Das Mädchen sprach wegen der ruckartigen Bewegung sofort auf mich ein und drückte meinen Kopf sanft zurück auf das Kissen, was ich ohne Widerwillen über mich ergehen ließ. Dann stand sie wieder auf, murmelte: „Sei schön brav, ja?", gab mir einen Kuss auf den Kopf und ging summend zur Tür. Ich wollte gerade die Augen schließen und mich weiter ausruhen, denn ich war immer noch so unglaublich erschöpft. Da warf mich das Öffnen der Tür ganz plötzlich in der Zeit zurück. Innerhalb von Sekunden war ich zurück in den dunklen Gassen und rannte meinem Bruder hinterher. Und dann öffnete sich auch hier die Tür zu der Kneipe und ich sah ihn hineinrennen, ohne etwas dagegen tun zu können. Ich hörte seine Schreie durch die zufallende Tür und die Verzweiflung ließ mich ebenfalls schreien wollen. Dann änderte sich das Bild schlagartig und ich stand in dem kleinen Hof hinter der Kneipe. Langsam schritt ich wie schon damals auf den Müllhaufen zu, aus dem ich ganz leicht den Geruch meines Bruders wahrnehmen konnte. Doch, bevor ich ihn erreichen konnte, riss mich die warme Hand des Mädchens zurück in die Gegenwart. Ich hatte wohl wie wild um mich getreten, denn ich spürte plötzlich wieder den Schmerz in meinem ganzen Körper. Das hatte wohl auch das Mädchen zurückgeholt, denn sie saß nun wieder neben mir, hielt mich mit sanftem Druck still und sprach beruhigend auf mich ein. Als sie merkte das es mir besser ging, stand sie wieder auf und ging. Und diesmal machte mir das Öffnen der Tür nichts mehr aus, denn ich war durch den Schmerz bereits wieder weggetreten.

Nummer 5:

Ich war ziemlich früh wieder wach geworden, draußen war es noch dunkel gewesen. Mein Schlafrhythmus war total durcheinander, denn in unserem Versteck waren wir ja zumeist nachts wach gewesen und hatten tagsüber geschlafen. Bis es hell geworden war, hatte ich mich nur noch ein wenig durch die Gegend gewälzt. Relativ früh nahm ich dann auch die Geräusche von den anderen Hunden wahr, die nach und nach aufwachten. Ich wusste schnell, dass ich nicht ganz allein in meinem Raum war, denn unter den dünnen Wänden, die mich umgaben, hörte ich immer wieder das sanfte Schnuffeln von anderen Fellnasen. Bald hörte ich dann auch die ersten Schritte eines Menschen. Mein feines Gehör konnte sie hervorragend von denen der anderen Hunde unterscheiden. Es war aber nicht das Mädchen, das mich gestern umsorgt hatte, die Schritte waren viel schwerer. Doch der neue Mensch kam erstmal nicht zu mir, er ging nur vorne vorbei, sodass ich ihn nicht sehen konnte. Dann hörte ich wieder nur die anderen Hunde. Doch das blieb nicht lange so, denn ich vernahm wieder die Schritte des Mädchens. Und diese steuerten direkt auf mich zu. Und da sah ich auch schon ihr Gesicht mit einem warmen Lächeln über die mich umgebende Wand schauen. „Hey, meine Kleine", sagte sie, „deinem Bruder geht es schon besser, ich habe mich die ganze Nacht um ihn gekümmert! Aber jetzt wollen wir erstmal nach dir schauen." Hinter ihr tauchte plötzlich auch wieder der andere Mensch auf, ein junger Mann. Ich hatte ihn über ihre laute Stimme gar nicht kommen hören. Diesmal konnte ich ihn also auch sehen. Und auch wenn er genauso aussah, wie die Männer, vor denen uns Mama immer gewarnt hatte, hatte ich keine Angst. Denn auch er hatte ein sehr freundliches Gesicht und umarmte das Mädchen grinsend von hinten. „Mambo, Jeska!", sagte er. „Poa, Maiko, how are you today?", antwortete das Mädchen und lächelte ihn an. Die beiden unterhielten sich kurz und dann drückte der junge Mann, den sie Maiko genannt hatte, ihr eine herrlich duftende Schale in die Hand. Die anderen Hunde im Raum schienen den herrlichen Duft ebenfalls vernommen zu haben, denn ich hörte sie wie wild an dem Mädchen hochspringen. „Lupin, nein!", rief sie und kletterte dann mit der Schale über die Wand zu mir herein. Auch ich konnte mich kaum halten, nicht an ihr hochzuspringen, um mich auf die Schale zu stürzen. Doch meine Mutter hatte meine Geschwister und mich gelehrt nicht gierig zu sein, deswegen hielt ich mich zurück. Das Mädchen setzte sich neben mich, stellte die Schale von der Dampfwolken aufstiegen neben mich auf den Boden und forderte mich mit einem Nicken auf zu essen. Ich war kurz unsicher, doch dann stürzte ich mich wie gestern auf die leckere, milchige Substanz. Sie war wärmer als gestern, weswegen ich kurz zurückschreckte, weil ich mir beinahe die Zunge verbrannt hätte. Aber es tat einfach nur gut. „Langsam, langsam", murmelte das Mädchen namens Jeska, als ich schon halb in der Schüssel drinstand und sie so beinahe umwarf. Ihre Hand griff danach, um sie festzuhalten, was ich im ersten Moment missverstand. Ich schreckte von der Schale zurück, da ich dachte ich hätte etwas falsch gemacht und hinterließ weiße Milchtapsen auf dem Boden. „Oh, Kleines ich wollte dich nicht erschrecken, ich wollte dir nur helfen. Komm iss, damit du groß und stark wirst", rief sie und zog die Hand kurz wieder zurück. Dann legte sie ihre Hand zurück an das Schälchen und schob es ein Stück zu mir. Ich traute mich zurück aus meiner Ecke und aß ganz vorsichtig weiter. Diesmal blieb ich schön brav mit den Pfoten außerhalb der Schale und achtete ganz genau auf die Signale, die Jeska mir unbewusst gab. Ich hatte großen Hunger und verputzte deswegen den kompletten Inhalt. Jeska wartete ganz geduldig bis ich fertig war, um mich dann noch ganz liebevoll zu streicheln. Sie setzte sich an die Wand gelehnt zu mir und hob mich auf ihren weichen, kuscheligen Schoß. Ich rollte mich zusammen und wäre beinahe wieder eingeschlafen, als ich von draußen ein lautes Bellen vernahm. Erschrocken zuckte mein Kopf hoch, doch die Wände, die mich umgaben, waren trotz der erhöhten Position auf Jeskas Schoß für mich unüberblickbar. „Du bleibst hier, kleine Maus", sagte sie und setzte mich zurück auf den Boden. Dann stand sie auf, kletterte über die Wand und verschwand aus meinem Blickfeld. Das Bellen war lauter und aggressiver geworden, zumindest erschien es mir so. Und dann ganz plötzlich, nur wenige Sekunden nachdem Jeska gegangen war, war es wieder still.

Nummer 1:

Ich schien nicht lange weg gewesen zu sein, aber als ich wieder zu mir kam, war der Schmerz immer noch da. Es war ziemlich ruhig um mich herum, ich hörte nur ganz leise den Wind durch die nicht ganz geschlossene Tür säuseln. Ich war mir sicher, dass ich allein war, also schaut ich mich noch ein bisschen weiter um. Doch der Raum war nicht gerade groß und ich konnte einen Teil von meinem Standpunkt aus nicht einmal einsehen. Schnell wurde mir das zu langweilig und dank der andauernden Schmerzen, konnte ich mich auch nicht wirklich bewegen. Als ich eine meiner Vorderpfoten vorsichtig bewegte, wellte sich der Bezug des Kissens, auf dem ich lag, ein wenig auf. Ich war ja eigentlich der Vernünftige unter meinen Geschwistern, Mama hatte mich immer dafür gelobt, dass ich nie etwas anstellte. Doch die unglaubliche Langeweile und die welpenhafte Neugier trieben mich dann doch dazu nach dem Stück Stoff zu schnappen. Und da fiel alle Vernunft von mir ab und ich wusste plötzlich, warum meine Geschwister so viel Spaß daran hatten auf Dingen herumzubeißen. In Windeseile war dir Stofffalte komplett an gesabbert und schnell war auch ein Loch in dem Kissen. Doch egal was ich anrichtete, ich konnte nicht aufhören, es machte ja solchen Spaß. Schon bald hatte ich das Stück so sehr zerkaut, dass damit nicht mehr viel anzufangen war. Ich suchte meine Umgebung nach weiterer Beute ab und fand ein Stück Stoff das nicht weit von mir aus einem Gefäß herauslugte. Ich reckte meinen Kopf danach, doch es war zu weit weg, als dass ich es einfach so von meiner Position aus erreichen konnte. Ich überlegte und schaute mich weiter nach einer näher gelegenen Beschäftigung um, doch ich fand nichts. Also gewann die Langeweile über die Schmerzen und ich robbte ein Stück in die Richtung. Wieder reckte ich meinen Kopf danach und schaffte es nach mehreren Versuchen tatsächlich, eine Ecke des Stoffes zu erhaschen. Ich biss zu und zog es aus dem Gefäß heraus. Ich wollte gerade anfangen vergnügt darauf herumzubeißen, als ich bemerkte was es war. Und genau in dem Moment kam das Mädchen zur Tür herein. Sie entdeckte mich und ihr Blick wechselte von einem Lächeln, zu einem eher wütenden Gesicht. „Also wirklich, was soll das denn?", rief sie mit erhobener Stimme und kam auf mich zu gelaufen. „Lass das sofort los!", waren ihre nächsten Worte, bevor sie mit der Hand nach dem T-Shirt in meinem Maul griff. Erschrocken klappten meine Zähne auseinander, das T-Shirt fiel vor mich auf das Kissen und ich versuchte mich dahinter zu verstecken. „Ach nein, Kleiner, keine Angst. Ich möchte dir nichts tun, ich war nur kurz wütend. Tut mir leid, aber das darfst du nicht machen. Du kannst nicht einfach so an meine Sachen gehen! Und auch deinen Schlafplatz solltest du möglichst nicht vollkommen zerstören", sagte sie und ihr Gesicht zeigte wieder ein Lächeln. Ich kam mit dem Kopf vorsichtig wieder hinter dem T-Shirt hervor, welches sie dann auch wegnahm. Sie schaute noch, ob ich bereits meine Spuren daran hinterlassen hatte und warf es dann beruhigt auf ihr Bett. „Ich kann dir ein paar Spielzeuge geben, auf denen du herumkauen kannst, wenn dir langweilig ist und dir das Spaß macht", sagte sie und verschwand kurz hinter ihrem Bett. Zurück kam sie mit einem geknoteten Seil, welches in wunderschönen Blautönen funkelte. Sie reichte es mir und ich nahm es vorsichtig mit den Zähnen entgegen. Wieder schmückte ein Lächeln ihr hübsches Gesicht und sie sagte: „Darauf darfst du herumkauen, kleiner Mann. Und wo wir gerade dabei sind, du brauchst dringend einen eigenen Namen!" Ich schaute sie fragend an, wollte ihr mitteilen, dass ich bereits einen Namen hatte, ich war schließlich Nummer 1. Ein schwaches Bellen kam aus meiner Kehle, aber irgendwie war mir klar, dass sie mich nicht verstand. „Das klingt aber noch nicht so gut. Wie geht es dir eigentlich. Ich glaube ich sollte dir noch was von dem Präparat geben, so langsam ist es wieder Zeit dafür!", murmelte sie und stand auf. Sie ging in den Nebenraum, ich hörte ein paar Geräusche und dann kam sie wieder mit der Spritze, in der das seltsame Zeug war, zurück. Etwas widerwillig, da es nicht besonders gut schmeckte, ließ ich mir das Präparat, wie sie es nannte, in den Mund träufeln. „Sehr gut, Kleiner. Hast du auch noch Durst? Wollen wir doch mal sehen, ob du inzwischen wieder selbst trinken kannst, jetzt wo du von selbst den Kopf hebst. Sie ging ein weiteres Mal in den Nebenraum und kam dieses Mal mit einer Schale voll Wasser zurück. Sie hatte recht, ich hatte wirklich Durst. Aber es war noch gar nicht so einfach, allein zu trinken. Ich konnte meinen Kopf zwar wieder von selbst heben, aber die Kraft schwand schnell und so konnte ich ihn nicht sehr lange halten. Trotzdem versuchte ich es und schaffte es auch ein paar Schlucke zu nehmen. Doch dann verlor ich ganz plötzlich das Gleichgewicht und klatschte mit dem ganzen Kopf in die Wasserschüssel. Das Mädchen half mir sofort, doch das Fell an meinem Kopf war bereits vom Wasser durchtränkt. Den ersten Schreck überwunden, merkte das Mädchen, das mir nichts passiert war und konnte sich ein Lachen nicht verkneifen. Es hatte vermutlich ziemlich bescheuert ausgesehen und ich sah jetzt aus wie ein begossener Pudel. Und so fühlte ich mich auch, denn es war mir ziemlich peinlich. Erst der Kontrollverlust mit dem am Stoff kauen und jetzt das. Dabei sollte ich doch eigentlich der starke große Bruder sein. Ein Vorbild und kein unvernünftiger Tollpatsch. Zum Glück hatte mich kein anderer Hund gesehen und ich hoffte, dass das Mädchen nichts ausplaudern würde. Sie griff gerade nach einem Handtuch und trocknete mich ganz vorsichtig ab. Sie behandelte mich weiterhin, wie ein rohes Ei, wenn sie mich berührte. Und trotz allen Stolzes war mir das auch sehr recht, denn die Schmerzen saßen mir immer noch tief in den Gliedern. Ich spürte wie das Mittel, das sie mir gab, zu wirken begann und der Schmerz ganz langsam verflog, doch er war weiterhin mein treuer Begleiter. „So, jetzt bist du wieder trocken, du kleiner Tollpatsch. Vielleicht helfe ich dir beim nächsten Versuch doch noch einmal. Willst du jetzt grade noch etwas?", fragte sie und hielt mir die Wasserschüssel noch einmal entgegen. Als ich den Kopf schnell wegzog, nickte sie und stellte die Schüssel wieder weg. „Gut, wenn du sonst nichts mehr brauchst, gehe ich jetzt erst mal wieder. Schließlich habe ich noch ein paar andere Hunde zu versorgen. Vielleicht habe ich ja, wenn ich nachher wiederkomme, schon einen Namen für dich, kleiner Mann. Wenn du bis dahin irgendwas brauchst, bell einfach einmal laut!", sagte sie mit einem Zwinkern und verschwand dann zur

Tür hinaus. Ich leckte noch ein bisschen mein Fell trocken und widmete mich dann eine ganze Weile dem neuen Spielzeug. Dann wurde ich müde und verlor den Kampf gegen den Schlaf.

5

Nummer 5:

Einige Tage waren bereits vergangen, seit die Menschen mich und meinen Bruder hierhergebracht hatten. Jeska hatte mich jeden Tag mindestens einmal mit zu meinem Bruder genommen und ihm ging es immer besser. Ich war inzwischen in einen anderen Bereich gezogen, der deutlich heller war und wo die Menschen mich regelmäßig besuchten. Die Hunde waren hier deutlich weiter von mir weg und ich konnte viel besser schlafen. Jede Nacht hatte ich meine Wärmflasche von ihr gebracht bekommen und tagsüber mehrmals Futter. Inzwischen war der Brei, den ich zu essen bekam, deutlich dickflüssiger geworden. Das sah zwar recht unappetitlich aussah, aber schmeckte gar nicht mal schlecht. Heute war nicht Jeska bei mir gewesen, um mich zu füttern, sondern der Mann, Maiko. Ich war anfangs etwas verunsichert gewesen, als er mir das Futter hingestellt hatte, aber der Hunger obsiegte. Meistens hatte Maiko ja eh das Futter hergebracht, nur nahm es Jeska dann normalerweise entgegen und gab es mir. Ich hatte in den letzten Tagen noch zwei weitere Männer kennengelernt, die ebenfalls beide sehr freundlich waren. Der eine sprach in der gleichen Sprache wie Jeska mit mir und hatte auch nur zweimal kurz nach mir geschaut, während der andere wie Maiko sprach. Jeska hatte ihn mir als Amoni vorgestellt und er war allgemein etwas still, aber trotzdem sehr lieb und sanft. Ich merkte ihm irgendwie direkt an, dass er besser mit mir als Hund umgehen konnte, als mit den Menschen. Nun würde es gleich das zweite Mal für mich Essen geben und normalerweise nahm Jeska mich danach mit zu meinem Bruder. Doch auch diesmal kam Maiko wieder und stellte die Schüssel zu mir. Mir war eigentlich schon klar, dass er mich auch jetzt wieder nicht zu meinem Bruder bringen würde. Ich erstattete meinem Bruder täglich Bericht darüber, was ich den ganzen Tag so erlebte und was ich sah. Er wurde in Jeskas Obhut immer entspannter und ließ nicht mehr dauernd den großen Bruder raushängen, je größer ich wurde. Maiko hatte geduldig gewartet, bis ich meine Schüssel leer gegessen hatte und nahm sie nun wieder in die Hand. Erwartungsvoll schaute ich ihn nun an, in der Hoffnung er würde mich jetzt zu meinem Bruder bringen, doch er strich mir nur einmal sanft über den Kopf und verließ mich dann wieder. Traurig nagte ich an meinem Spielzeugseil, welches ich von Jeska bekommen hatte, nachdem ich so begeistert von dem meines Bruders gewesen war. Ich fragte mich, wo

Jeska bloß steckte und warum sie mich allein gelassen hatte? Und warum ich heute nicht zu meinem Bruder konnte? Ich gab ein leises, trauriges Bellen von mir, wodurch Maiko sich noch einmal umdrehte. Er strich mir noch einmal über den Kopf und sagte er müsse jetzt gehen. Er versprach aber wieder zu kommen. Natürlich war ich froh darüber, aber eigentlich wollte ich ja wissen wo Jeska war und warum mich jetzt keiner zu meinem Bruder brachte. Doch Maiko ging und ließ mich allein. Es war so dunkel in meinem Raum hier, da die Menschen immer die Türe schlossen, wenn sie gingen. Außerdem wusste ich von meinen täglichen Touren und der kurzen Zeit, die ich täglich unter Beobachtung draußen verbringen durfte, dass mein Zuhause von einem Zaun und einer Mauer umgeben war, die mit dichten Pflanzen bewachsen waren. Die anderen Hunde hatte ich inzwischen teilweise kennenlernen dürfen und sie waren teilweise so groß wie Mama, manche sogar noch größer. Doch jetzt war die Tür verschlossen und niemand da, mit dem ich mich unterhalten könnte. Ich schaute mich um und fragte mich, was ich jetzt tun sollte. Da wurde ich plötzlich müde. Also rollte ich mich in der Ecke auf meinen Decken zusammen und war in Sekunden tief und fest eingeschlafen.

Nummer 1:

Ich hatte immer noch keinen Namen bekommen, aber eigentlich war ich da ja auch ganz froh drüber, schließlich hatte ich ja schon einen. In den letzten Tagen ging es mir immer besser. Jeska hatte mich weiterhin rührend umsorgt und statt den Medikamenten bekam ich inzwischen nur noch eine süße Flüssigkeit voll mit Vitaminen und Aufbaustoffen. Als ich wieder begann auf allen vier Pfoten zu stehen, ohne nach Sekunden wieder umzufallen, hatte Jeska mir gesagt, dass ich nun bald zu den anderen Hunden konnte. Inzwischen konnte ich sogar schon wieder herumlaufen und hatte auf meiner ersten heimlichen Tour ein ganz schönes Chaos veranstaltet. Deswegen war ich nun von meinem schönen Aussichtsturm auf dem Bett in ein geschlossenes Gehege verbannt worden. Trotzdem fühlte ich mich wohl und behütet und hatte eigentlich auch immer etwas, um mich zu beschäftigen. Jeska sagte immer, dass ich einen unglaublichen Verschleiß an Spielzeug hätte, denn ich schaffte so ein Kauseil innerhalb eines Tages fast komplett zu zerstören. Inzwischen bekam ich schon gar nicht mehr die richtigen Spielseile, sondern alte Stoffe, die einfach nur verknotet wurden. Mir war das egal, Hauptsache ich hatte ordentlich Spaß damit. Heute hatte mir Jeska nur sehr früh morgens das Essen gegeben, hatte sich dann richtig hübsch angezogen, sich von mir verabschiedet und war gegangen. Die anderen Mahlzeiten hatte ich von einem der anderen Mädchen, die Jeska mir in den letzten Tagen vorgestellt hatte, bekommen. So kam es auch nicht dazu, dass meine Schwester mich besuchte. Ich war traurig und wütend deswegen und ich machte mir auch ziemliche Sorgen, dass ihr etwas passiert sein könnte. Ich meine, sie war die letzten Tage jedes Mal um diese Uhrzeit von Jeska zu mir gebracht worden. Als mir das andere Mädchen dann die dritte Mahlzeit brachte, versuchte ich ihr verzweifelt klarzumachen, dass ich meine Schwester sehen wollte. Doch ich wusste, sie konnte mich nicht verstehen, es war sinnlos! Sie ging wieder und egal wie lange ich wartete, meine Schwester kam nicht. Irgendwann gab ich das Warten auf und widmete mich wieder anderen Dingen, doch im Hinterkopf hatte ich weiterhin die Angst um meine Schwester. Erst zu der letzten Mahlzeit des Tages kam Jeska wieder. Ich begrüßte sie mit einem vorwurfsvollen Bellen, doch nachdem sie die Futterschale in meiner Behausung abgestellt hatte und wieder in ihre normalen Klamotten geschlüpft war, ging sie auch schon wieder. Es dauerte eine ganze Weile, bis sie wiederkam. Es war schon fast dunkel und so langsam übermannte mich die Müdigkeit. Ich hatte den ganzen Tag aus Sorge kaum geschlafen. Doch dann öffnete sich die Tür und da roch ich sie schon. „Nummer 5", rief ich freudig aus und sprang an den Wänden hinauf. Jeska setzte meine kleine Schwester in meiner Behausung ab und warf mir ein Lächeln zu, als ich mich direkt auf das winzig kleine Knäuel stürzte. Nummer 5 hatte zwar in den letzten Tagen ordentlich an Gewicht zugelegt, aber sie war nicht unbedingt größer, sondern einfach nur etwas kugeliger geworden. „So ihr zwei Süßen, ihr dachtet doch nicht wirklich ich hätte euch vergessen? Und wisst ihr was? Ich glaube ich habe inzwischen sogar Namen für euch beide!", sagte Jeska. Neugierig schaute ich sie an. Und auch Nummer 5, die sich gerade auf mein Spielzeug gestürzt hatte, schaute neugierig auf. „Also, wer von euch möchte seinen neuen Namen als erstes erfahren?", flüsterte Jeska und streichelte meinen Rücken. Nummer 5 wandte sich komplett von dem Spielzeug ab und tapste zu Jeskas Beinen. Sie kletterte auf ihren Schoß und wäre beinahe wieder abgestürzt, als sie sich zu einer Kugel zusammenrollte. „Das heißt wohl, du möchtest es unbedingt wissen, meine kleine Maus. Also für dich habe ich den Namen Ilvy ausgewählt. Er kommt aus dem nordischen und bedeutet kleine Wölfin. Ich finde der Name passt ganz großartig zu dir!", erklärte sie Nummer 5. Ich war begeistert. Der Name war wirklich schön und Jeska hatte recht, der Name passte ganz wunderbar zu meiner Schwester. „Und für dich mein hübscher Junge", wandte sie sich nun an mich und lächelte, „für dich habe ich mir den Namen Liam erdacht. Dieser Name bedeutet ‚entschlossener Beschützer', denn ich weiß was für ein Kämpfer du bist und ich kann mir denken, was du alles für deine Schwester getan hast." Auch ich freute mich über den schönen Namen, den sie für mich ausgesucht hatte. Aber je mehr ich darüber nachdachte, desto mehr hatte ich das Gefühl, ich hätte ihn nicht verdient. Natürlich hatte ich immer versucht meine Geschwister zu beschützen, aber hatte ich dabei wirklich mein Bestmöglichstes gegeben? War ich wirklich ein „entschlossener Beschützer"? Nach all dem, was ich falsch gemacht hatte, nach all den Opfern, die meine Taten gefordert hatten. Jeska merkte sofort, dass etwas mit mir nicht stimmte. Sie hob mich auf ihren Schoß und strich mir sanft über den Kopf. Sie war immer noch so vorsichtig mit mir, wie am ersten Tag. Als wäre ich aus Porzellan. „Hey, Kleiner, gefällt dir dein Name nicht?", flüsterte sie mir zu. Nummer 5, die ja jetzt Ilvy hieß, kletterte ebenfalls zurück auf Jeskas Schoß und kam zu mir getapst. „Warum schaust du so traurig, großer Bruder?", sagte sie und stupste mich mit ihrer kleinen rosa Nase an, „lass mich raten... Du glaubst, weil du uns nicht alle retten konntest, hättest du den Namen nicht wirklich verdient? Du glaubst, dass es deine Schuld sei, dass einige unserer Geschwister nicht mehr hier bei uns sind? Du irrst dich! Du irrst dich ganz gewaltig. Du hast dein Bestes gegeben. Nein, du hast sogar viel mehr gegeben! Du bist auch nur ein Welpe, du bist ja nicht einmal älter als ich, nur etwas größer. Niemand hätte erwartet, dass wir es nach Mamas Tod so weit schaffen würden. Und das ist ganz allein dein Verdienst! Du hast der Welt gezeigt, was wahre Stärke ist. Du kannst stolz auf dich sein, denn weißt du was? Mama wäre mehr als stolz auf dich!"

Ich schaute meiner Schwester in die klaren Augen, die kraftvoll zurückschauten. Und ich fragte mich, wann diese kleine Chaotin, die immer alle in den Wahnsinn getrieben hatte, so erwachsen geworden war. Erst jetzt bemerkte ich, wie groß sie inzwischen geworden ist. Und mir wurde klar, dass sie recht hatte. Ich stand auf, stupste Ilvy (so langsam gewöhnte ich mich an den Namen) dankend an und schaute dann hinauf zu Jeska. Sie hatte die ganze Zeit still zugehört, auch wenn sie kein Wort von meiner Schwester verstand. Aber irgendwie schien sie gewusst zu haben, dass Ilvy das Richtige sagte. Ich stupste auch ihre Hand dankbar an und grinste zu ihren funkelnden Augen hinauf. „Ach, ihr zwei Süßen!", sagte sie und kraulte uns beiden den Nacken, „ich bin froh, dass euch eure Namen gefallen. Ich lass euch jetzt noch ein bisschen allein, dann könnt ihr euch weiter unterhalten oder miteinander spielen. Morgen kommt Liam dann zu dir nach vorne Ilvy und dann könnt ihr schon bald zu den anderen Hunden." Sie hob uns von ihrem Schoß herunter, strich uns jeweils noch einmal sanft über den Kopf und ging dann. Wir hörten sie noch ein paar Mal im Zimmer hin und her laufen, bis das Knarzen der Tür uns zeigte, dass sie das Haus verließ. Ilvy erzählte mir von ihrem Tag, dass sie nun immer öfter mit den anderen Hunden am Zaun redete. Sie fand bis jetzt alle ganz okay, nur der eine wollte ihr einfach nicht Hallo sagen und bellte sie immer nur aus der Ferne an. Eine ältere Hundedame namens Emma hatte es ihr besonders angetan. Als sie fertig erzählte hatte, fragte sie nicht nach meinem Tag, sondern stürzte sich auf eins meiner Kauseile. Jedoch konnte ich es ihr nicht verdenken, denn im Gegensatz zu ihrem Tag, war meiner meist ziemlich langweilig. Statt ihr böse zu sein, stürzte ich mich also auf das andere Ende des Seils und versuchte es ihr spielerisch wegzunehmen. Wir hatten einen Heidenspaß, bis Jeska zurückkam. Sie nahm Ilvy wieder mit und ich kuschelte mich in eine weiche Ecke und schlief innerhalb von wenigen Sekunden tief und fest ein. Das erste Mal seit langem, hatte ich keine Albträume mehr, sondern eine ruhige und erholsame Nacht.

6

Liam:

Am nächsten Morgen erwachte ich Recht spät. Die Sonne funkelte schon stark durch die Fenster. Jeska hatte mich scheinbar schlafen lassen, denn ich konnte sie nirgends im Raum mehr entdecken. Ich hörte direkt meinen Magen grummeln und wunderte mich, wo mein Essen war. Ich überlegte, was heute so anstand, und erinnerte mich, dass Jeska gesagte hatte, ich würde heute zu Ilvy nach vorne ziehen. Ein mulmiges Gefühl stieg in meinen Bauch auf, denn ich hatte schon ein bisschen Angst davor. Ilvy hatte mir zwar bisher fast nur Gutes von den anderen Hunden erzählt, aber sie war auch ein süßes, kleines Mädchen, was jeden um den Finger wickelte. Nachdenklich kaute ich auf meinem Seil herum und wartete darauf, dass Jeska kam, um mich zu holen.

Ilvy:

Als mich Jeska von meinem großen Bruder zurückbrachte, war es schon sehr dunkel. Ich moch-te die Dunkelheit nicht sehr, vor allem, da die Natur um uns herum dann sehr seltsame Geräusche von sich gab. Jeska brachte mich zurück in mein kleines Heim, gab mir noch ein neues Spielzeug, denn die alten waren bereits wieder komplett zerstört und dann schloss sie die Tür hinter sich. Eigentlich wollte ich noch ein bisschen über den morgigen Tag nachdenken, wenn Liam endlich zu mir ziehen würde und wenn er endlich Emma kennenlernen würde. Doch der Schlaf übermannte mich schneller, als ich beabsichtigt hatte. Am nächsten Morgen erwachte ich trotzdem wie immer sehr früh, als Maiko und Jeska lachend hereinkamen, um das Futter vorzubereiten. Ich streckte mich ausgiebig und tapste dann freudig zu den beiden. Wie jeden Morgen kletterte ich auf Jeskas Schuh und versuchte an ihrem Bein hinaufzuklettern. So langsam wurde ich doch etwas groß für ihren Schuh, weshalb ich beim ersten Versuch beinahe rückwärts herunterpurzelte. Beim zweiten Versuch stand ich und versuchte mich in der weiten Hose festzukrallen. Normalerweise beugte sich Jeska nun zu mir herunter und nahm mich auf ihren Arm, doch diesmal ignorierte sie mich einfach. Sie war zu sehr in ihr Gespräch mit Maiko vertieft, um mich richtig wahrzunehmen. „Na warte", wuffte ich und kletterte wieder herunter. Ich überlegte, wie ich ihre Aufmerksam-keit auf mich ziehen könnte, als mir ihre Schnür-senkel in die Augen fielen. In den ersten Tagen hatte ich es geliebt damit zu spielen, doch ich hatte schon bald gemerkt, dass Jeska das nicht ganz so toll fand.

Doch jetzt grade war es perfekt! Ich stürzte mich auf ihre Schuhe und zog wie wild an den Schnürsenkeln. Doch noch immer ignorierte sie mich. Aber so schnell gab ich nicht auf. Ich zog so lange daran, bis der Schnürsenkel offen war und machte mich dann an den anderen Schuh. Endlich hörte ich Maikos vertraute Stimme sagen: „Ich glaube die kleine Maus, möchte etwas von dir." „Ich weiß, aber so langsam muss sie lernen, dass es nicht immer nach ihrem Kopf geht. Sonst wird das nicht gut enden, wenn wir sie und ihren Bruder mit den anderen zusammensetzen. Seit gestern hat sie übrigens auch einen Namen", antwortete ihm Jeska, ohne mich auch nur eines Blickes zu würdigen. Ich versuchte es trotz ihrer Worte noch einige Minuten, doch die beiden unterhielten sich nur weiter über unsere neuen Namen. Auch Maiko ignorierte mich jetzt wieder komplett. Und so gab ich es irgendwann auf und stapfte beleidigt in eine Ecke. Da beugte sich Jeska herab und knotete ihre Schuhe wieder zu. Das wäre jetzt meine Chance gewesen, doch ich war zu sauer. Kurze Zeit später verließen die beiden lachend mit den Futterschalen den Raum. Verwirrt schaute ich ihnen nach, denn normalerweise war ich immer die erste, die von Jeska Futter bekam. Als ich nach einigen Minuten die Geräusche der anderen Hunde vernahm und die beiden immer noch nicht zurück waren, tapste ich aus meinem Versteck heraus durch den Raum zur Tür. Mein erster Blick ging nach rechts, denn von dort kamen immer irgendwann die anderen Menschen. Ich konnte nichts entdecken, als lugte ich nun nach links um die Ecke. Die Tür war geschlossen, doch ich konnte die anderen Hunde noch nicht sehen. Emma war normalerweise immer eine der ersten, die aus dem unbekannten Bereich hinter der Tür kam und mich morgens begrüßte. Als ich mir sicher war, dass mir nichts passieren konnte, sprang ich die zwei Stufen vor meinem Häuschen herab und stolperte über den unebenen Boden zum Tor. Ich hörte Maiko und Jeska in der Ferne miteinander reden und die anderen Hunde voller Vorfreude auf das Essen bellen. Verwirrt steckte ich meinen Kopf durch den Drahtzaun und versuchte einen Blick auf das Geschehen zu erhaschen, doch von meinem Punkt aus, konnte man einfach nicht nach dort hinten sehen. Aber genau in dem Moment kam Jeska um die Kurve. „Ilvy!", rief sie und kam zu mir gerannt, „du musst damit aufhören deinen Kopf da durchzustecken. Du wirst irgendwann noch stecken bleiben und dann müssen wir dich da rausschneiden!" Erschrocken zog ich den Kopf wieder heraus und stolperte ein paar Schritte rückwärts. Jeska öffnete die Tür und sagte: „So ist brav. Mach das bloß nicht nochmal!"

Ich nickte ganz leicht und schaute schuldig drein. Sie strich sanft über meinen Kopf und murmelte: „Du wirst bestimmt Hunger haben, aber ich wollte erst deinen Bruder herholen, bevor ich euch beide füttere." Was? Liam sollte jetzt schon herkommen. Voller Freude sprang ich durch die Gegend und schleckte Jeskas Hand ab. Sie warf mir ein Lächeln zu und sagte dann mit erhobenem Finger: „Aber nur wenn du dich benimmst. Nur brave Mädchen bekommen Futter." Sofort hörte ich auf herumzu-springen, setzte mich brav hin und legte den Kopf schief, denn ich wusste genau, dass Jeska dem nicht widerstehen konnte. Sie lachte und sagte: „Na dann wollen wir mal deinen Bruder holen. Du war-test hier, ja?" Ich nickte und schaute ihr sehnsüchtig hinterher, als sie durch die andere Tür meinen Be-reich wieder verließ. Als ich sie nicht mehr sehen könnte, stürmte ich aufgeregt nach drinnen und begann nochmal alles schön zu machen für meinen großen Bruder. Ich wollte, dass er sich hier wohl-fühlt und stolz auf mich ist.

Liam:
Frühstück hatte ich bis jetzt noch keines bekommen, was ungewöhnlich war. Als sich dann die Tür öff-nete, hüpfte ich freudig an den Wänden meiner Be-hausung hoch, um zu sehen, ob es Jeska war. Tat-

sächlich erhaschte ich einen kurzen Blick auf ihr lächelndes Gesicht und kurze Zeit später beugte sich dieses freundliche Gesicht über mich. „Na, mein Kleiner. Bereit die große Welt ein Stückchen weiter zu erkunden? Ich werde dich jetzt mitnehmen und dann kannst du direkt das erste Mal mit deiner Schwester zusammen frühstücken. Was hältst du davon?", erklärte sie mir. Ein freudiges Bellen entrang meiner kleinen Kehle. Noch immer war es eher ein zärtliches Wuffen als das starke Bellen eines großen Rüden. Grinsend rief Jeska: „Na, dann wollen wir mal keine Zeit verlieren!" Immer noch vorsichtig wie von Beginn an, nahm sie mich auf ihren Arm und ging mit mir durch die große Eingangstür. In den letzten Tagen hatte ich einige Stunden, auch zusammen mit Ilvy, in dem kleinen Garten um das Häuschen herum verbracht. Doch auch jetzt noch kitzelten mir die warmen Sonnenstrahlen in der kleinen Nase, sodass ich laut Niesen musste. „Gesundheit", murmelte Jeska und stupste mich gegen die Nase. Doch je weiter wir auf das Tor zusteuerten, was mich bis jetzt vom weiteren Vordringen in die Außenwelt abgehalten hatte, desto aufgeregter wurde ich nun. „Keine Angst, Liam, du schaffst das ganz bestimmt. Du bist stark und charmant, die anderen werden dich lieben", sagte Jeska plötzlich, als hätte sie meine Gedanken gelesen. Dann öffnete sie die Tür und bei dem lauten Knarzen, blieb mein Herz für einen kleinen Moment stehen. Dieses Knarzen hast du jetzt schon eine Millionen Mal gehört, Liam, sagte ich zu mir selbst. Jetzt stell dich nicht so an und sei ein Mann. Wenn deine kleine chaotische Schwester es schafft sich dort durchzusetzen, dann schaffst du das auch. Ich riss mich zusammen und streckte die Nase hoch in die Luft, um mich umzuschauen. Klar, hatte ich das meiste schon durch den Zaun hindurchgesehen, aber jetzt konnte ich die Welt außerhalb des Zauns aus einem ganz anderen Blickwinkel erkunden. Im Prinzip war mein altes Zuhause nur ein kleiner Bereich in einem großen Garten. Rechts von uns war eine Dame wie jeden Tag damit beschäftigt große Decken und Handtücher auf die blauen Leinen zwischen den Bäumen zu hängen. Direkt daneben stand ein ganz großer Baum. Als wir uns diesem jetzt näherten entdeckte ich etwas Neues, was ich vorher noch nicht gesehen hatte. Unter dem großen Baum war ein großer Holztisch mit Bänken. Von dort kamen also immer die Stimmen, wenn Jeska mittags zum Mittagessen ging. Ich ließ meinen Blick weiter schweifen und entdeckte am Ende des Weges, welcher am Tisch vorbeiging, ein großes Haus. Das war viel größer als das Haus, in dem ich mit Jeska gewohnt hatte. Ich stellte die Vermutung auf, dass dort die anderen Menschen wohnen, die ich außer Jeska bereits kennengelernt hatte. Ich war ehrlich nicht gut im Namen merken, den einzigen an den ich mich erinnerte, war Jens. Jeska hatte gesagt, dass er der Besitzer von diesem Tierheim sei. Er habe das alles mit seiner Frau zusammen aufgebaut, nur um Hunden wie mir und meiner Schwester zu helfen. Ich hätte Jeska gerne gefragt, warum sie denn hier war, aber sie konnte mich leider nicht verstehen. Wir bogen aber nun nicht rechts zu dem großen Haus ab, sondern wir gingen nach links. Also wandte auch ich meine neugierigen Blicke nun in diese Richtung, um hoffentlich schon erste Eindrücke von meinem neuen Zuhause zu erhaschen. Doch ein Zaun und große grüne Blätter verwehrten mir die Sicht. Der Weg machte kurz vor dem Zaun eine Rechtskurve zwischen großen Dornenbüschen und einem kleinen Häuschen hindurch. Jetzt roch ich meine Schwester und je näher wir dem kleinen Türchen am Ende des Weges kamen, desto stärker wurde ihr Geruch. Doch ich vernahm auch den Geruch von vielen anderen Hunden. Diese waren etwas weiter weg, aber ich konnte sie deutlich wahrnehmen. Wieder machte sich etwas Angst in meiner Magengrube breit, aber als ich dann Ilvys kleines Gesicht auf der anderen Seite der Tür erkannte, war alle Angst verflogen und hatte sich in pure Freude verwandelt. Ilvy hüpfte an der Tür hoch, weil sie sich ebenfalls so sehr freute. Jeska musste sie daraufhin schimpfen, da sie so die Tür nicht öffnen konnte. Doch Ilvy ließ sich nur schwer von ihrem Freudentänzchen abbringen. Erst als ich etwas sagte, wandte sie sich von der Tür ab und hüpfte etwas weiter entfernt durch die Gegend. Jeska öffnete also nun endlich die Tür und schon hatte sie das hüpfende Wollknäuel am Bein hängen. „Ilvy!", rief sie aus, „jetzt reicht es aber. Beruhige dich bitte, ihr habt euch doch gestern erst gesehen. Wenn du dich weiter so aufführst, bringe ich Liam grade wieder zurück!" Eingeschüchtert plumpste meine kleine Schwester auf ihren Po und schaute mit ihrem Dackelblick zu uns herauf. „So ist brav", sagte Jeska, „sei nicht beleidigt, Kleines. Du musst es einfach lernen, sonst wirst du bei den anderen Hunden nicht lange überleben!" Nach diesen Worten setzte mich Jeska ab, sodass mich Ilvy begrüßen konnte. Und scheinbar hatte der Tadel gewirkt, denn im Gegensatz zu sonst, stürzte sich Ilvy nicht wie ein Berserker auf mich, sondern kam vorsichtig auf mich zu getrippelt. Ich schmiegte meine Nase in ihr weiches Fell und flüsterte: „Guten Morgen, kleine Schwester. Du weißt, dass Jeska es nur gut mit dir meint, oder?" Die kleine nickte und schmiegte sich ebenfalls an mich. Sofort waren ihre unglaubliche

Lebensfreude und Energie zurück und sie rief, schon halb am Weglaufen: „Komm, Liam, komm! Ich muss dir unbedingt mein kleines Zuhause zeigen!" Lachend folgte ich ihr die Stufen hinauf, was gar nicht so leicht war. Und auch Jeska musste wieder lachen, als sie meine unbeholfenen Versuche beobachtete. Ich hatte es inzwischen auf die vorletzte Stufe geschafft, aber die letzte kam ich einfach nicht hoch. Sie war etwas höher als die anderen und ich fragte mich ernsthaft, wie meine viel kleinere Schwester hier hochgekommen war. Verzweifelt versuchte ich weiter hinaufzukommen, denn ich wollte mich nicht vor Ilvy blamieren. Plötzlich spürte ich Jeskas Hand an meinem Hintern, die mir einen sanften Schubs gab, der mich endlich auf die letzte Stufe beförderte. Ich warf Jeska einen dankbaren Blick zu und schaute dann in das Innere des kleinen Häuschens, auf der Suche nach Ilvy. Ein Meer von Gerüchen schlug mir entgegen, sodass ich nicht mehr in der Lage war sie zu erschnüffeln. Aber sehen konnte ich sie auch nicht, denn es war trotz des strahlenden Sonnenscheins draußen, recht dunkel in dem kleinen Raum. Ich machte ein paar vorsichtige Schritte in den Raum hinein und sperrte Augen und Ohren auf. Schließlich vernahm ich Geräusche aus der Ecke hinten links. Und dann sah ich auch Ilvys Kopf, der mit fragenden Augen um die

Ecke schaute. Ich lief zu ihr und hätte dabei beinahe Jeska zu Fall gebracht, die gerade ebenfalls den Raum betrat. „Vorsicht!", rief sie aus, konnte aber nicht anders, als zu lachen. Dann war ich bei Ilvy angekommen und staunte über das kuschelige Eckchen, was sie dort in dem untersten Fach eines Schranks hatte. „Komm rein, Liam", rief sie und holte ein großes Kauseil unter den Decken hervor. Ich ließ mich nicht zweimal bitten und stürzte mich spielerisch auf das Seil, dass mir Ilvy nun auffordernd präsentierte. Jeska setzte sich vor dem Regal auf den Boden und schaute uns lachend zu. „Ich würde sagen, Liam fühlt sich wohl bei dir, Ilvy. Und dabei hast du dir solche Sorgen gemacht", sagte Jeska und strich uns beiden sanft über die Köpfe, „jetzt aber zu einem anderen Thema. Habt ihr zwei Süßen denn keinen Hunger?" Genau in dem Moment gab mein Magen ein lautes Grummeln von sich und wir mussten alle lachen. Auch der Bauch meiner Schwester begann zu Rumoren, als würde er antworten. „Ich glaube die Antwort ist eindeutig", sagte Jeska, stand auf und stellte uns zwei volle Schüsseln auf den Boden. Wir stürzten uns beide darauf, als hätten wir seit Tagen nichts gegessen. Jeder auf seine Schüssel. Innerhalb von wenigen Minuten hatte ich alles bis auf den letzten Tropfen weggeputzt. Ilvy war noch nicht ganz fertig. Ich schaute auf und sah ihre völlig verschmierte Schnauze. Ich musste lachen und hätte ihr beinahe den letzten Rest in meinem Mund auch noch ins Gesicht geprustet. Jeska kam gerade wieder zurück und schlug direkt die Hände über dem Kopf zusammen. „Ilvy, wie siehst du denn schon wieder aus? Wir hatten doch gesagt du sollst beim Essen besser aufpassen und dich nicht so einsauen.", rief Jeska aus. Ilvy leckte stolz wie Oskar den letzten Rest Futter aus ihrer Schüssel und stiefelte dann mit erhobenem Kopf auf Jeskas Beine zu. „Oh, nein, wag es dich nicht!", schrie Jeska und stolperte einen Schritt rückwärts. Doch Ilvy ließ sich nicht beirren und lief schnurstracks weiter. Da schnappte sich Jeska ein Handtuch, was im Schrank lag, griff sich den kleinen Hund, der wie wild zu zappeln begann und entfernte beherzt den Futterbrei aus Ilvys Gesicht. Im ersten Moment war ich kurz erschrocken, aber dann hörte ich Ilvys dumpfes Kichern unter dem Handtuch hervordringen. Doch bevor ich mich ebenfalls über das Schauspiel, was sich vor mir bot, amüsieren konnte, hörte ich draußen die anderen Hunde bellen. Es war so nah, dass ich erstmal aus Instinkt in die hinterste Ecke von Ilvys Schrankbrett flüchtete. „Liam, es ist alles gut", rief Jeska und setzte Ilvy wieder auf alle vier Pfoten, die sofort zu mir gerannt kam. „Brüderchen, du musst keine

Angst haben, das sind nur die anderen Hunde hier im Shelter. Erstens sind die fast alle ganz lieb und zweitens sind die hinter dem Zaun, die können gar nicht zu uns", beruhigte mich nun auch meine Schwester. Der Schreck hatte sich schon wieder gelegt und ich kam mir ziemlich blöd vor. Meine KLEINE Schwester musste MICH beruhigen. „Tut mir leid, das waren nur die alten Reflexe", murmelte ich und kam wieder aus meinem Versteck herausstolziert, „dann zeig mir mal diese Emma, die du so toll findest." „Klar, dass mach ich gerne. Aber lass uns noch einen Moment warten, bis die sich da draußen beruhigt haben. Jeska sagt immer, dass die morgens erst mal die Energie rauslassen müssen, die sich über Nacht aufgestaut hat", antwortete Ilvy. Ich war zwar super neugierig, aber auch ein bisschen ängstlich und ich vertraute meiner Schwester. Also ließ ich mir erst nochmal ein bisschen ihr kleines Zuhause zeigen, in dem ich wohl jetzt auch daheim war. Schon bald wurden die Hunde draußen leiser und ich immer ungeduldiger. Jeska war schon länger nicht mehr bei uns, sie war gegangen, um sich auch um die anderen Tiere zu kümmern. So langsam hatte ich schon wieder Hunger und da kam wie aufs Wort Maiko um die Ecke und begann das Essen zu bereiten. Freudig stürzte ich mich auf den Futterbrei, als Maiko die Schüsseln vor uns abstellte. Ich wunderte mich wo Jeska war, aber Ilvy erklärte mir, dass sie mittags eigentlich immer von Maiko das Futter bekam. Nach dem Essen fielen wir erstmal in ein regelrechtes Fresskoma. Ich döste nur leicht vor mich hin, während meine kleine Schwester neben mir kräftig träumte und dabei ordentlich um sich trat. Das konnte ja ab sofort heiter werden, wenn sie immer so intensiv träumte. Ich dachte noch eine Weile darüber nach, wie das Leben ab sofort werden würde und dann fiel ich plötzlich doch in einen tiefen Schlaf. Ich träumte mal wieder von Mama. Sie war mir lange nicht in meinen Träumen erschienen und ich freute mich total sie zu sehen. Sie wollte mir gerade etwas erzählen, als ich ruckartig aus dem Schlaf gerissen wurde. Ilvy hüpfte wie wild auf mir herum und rief: „Liam, Liam, wach auf. Ich wollte dir doch noch Emma vorstellen." Ich knuffte sie in die Seite, weil sie mich so ruckartig geweckt hatte und streckte dann meine müden Glieder. Während meine Schwester beim Aufwachen von Null auf Hundert ging, brauchte ich immer etwas länger um wach zu werden. Als ich mich umschaute, sah ich das auch Jeska da war. Sie schaute mich an und sagte: „Na, mein Großer. Bereit die anderen Hunde endlich kennenzulernen?" Ich sprang auf meine vier Pfoten, ging ein paar Schritte und streckte mich noch einmal. Dann nickte ich und folgte Ilvy und Jeska nach draußen. Runter waren die großen Stufen vor dem Häuschen auch nicht viel leichter, aber ich schaffte es ohne größere Probleme und ließ mir auch nichts anmerken. Ilvy war schon mit großen Sätzen nach unten gelangt, als würde sie den ganzen Tag nichts anderes machen. Sie drehte sich um und streckte mir die Zunge raus, um mich zu ärgern, da ich so langsam war. „Na warte", murmelte ich, sprang die letzte Stufe hinab und stürzte mich spielend auf sie. Sie kniff mich in den Nacken, rollte sich über mich ab und rannte zum Zaun hinter dem vermutlich die anderen Hunde waren. Ich rannte ihr, ohne groß darüber nachzudenken, hinterher und stürzte mich wieder auf sie. Sie war wirklich stark geworden in den letzten Wochen, sie konnte es inzwischen fast mit mir aufnehmen. Mitten im Spiel wurde plötzlich das Bellen auf der anderen Seite des Zaunes laut und eine Gruppe von Hunden in unterschiedlichen Größen kam auf uns zugestürzt. Ich zuckte zusammen, aber hatte mich schnell wieder im Griff. Schließlich wusste ich, dass uns ein Zaun vor der Meute schützte und außerdem stand Jeska schützend neben uns. Statt wegzulaufen, richtete ich mich also auf und schaute mir die Hunde auf der anderen Seite genauer an. Sie waren noch viel unterschiedlicher, als ich erwartet hatte. Sie hatten alle

möglichen Farben, manche sogar mehrere auf einmal. Einige waren noch relativ klein, so wie Ilvy
und ich, andere waren riesig, so wie die Straßenhunde, die mich damals verprügelt hatten. Einer
der größten Hunde kam langsam von hinten angelaufen und die anderen wichen ihm fast ausnahms-
los aus. Ich wich automatisch einen Schritt zurück,
als er an den Zaun herantrat. „Keine Angst, Kleiner", sagte sie mit einem vertrauensvollen Blick, der
mich stark an meine Mutter erinnerte, „ich bin
Emma. Ich vermute deine kleine Schwester hat dir
schon von mir erzählt." Ilvy ließ nun auch von mir
ab und stürmte zum Zaun. „Emma, da bist du ja.
Das ist Liam, mein toller, großer Bruder. Sieht er
nicht einfach stark aus. Ihm geht es endlich wieder
vollkommen gut und er darf jetzt mit mir hier wohnen!", rief Ilvy erfreut aus und stupste ihre Nase
gegen die der Hündin. „Ja, meine Süße. Du hast
wirklich einen ganz großartigen Bruder. Lässt du
mich jetzt auch mal mit ihm reden?", sagte Emma.
Die anderen Hunde hatten sich inzwischen größtenteils vom Zaun entfernt und warfen mir nur vereinzelt neugierige Blicke aus der Ferne zu. Ilvy hörte
sofort auf Emmas Worte und ich war erstaunt, dass
die große Hündin meine kleine Schwester so unglaublich gut im Griff hatte. Ilvy lief direkt an mir
vorbei und flüsterte mir ins Ohr: „Ist sie nicht ein-

fach toll?" „Geh schon", sagte Emma lachend, als sie das sah. Ilvy trottete hinten zu den Stufen und legte sich auf eine der Decken, die Jeska uns inzwischen dort ausgebreitet hatte. „Na dann lass mich dich mal anschauen, lieber Liam. Deine Schwester ist ja ein richtiger Wirbelwind und kann selten die Klappe halten, deswegen habe ich das Gefühl dich bereits in und auswendig zu kennen. Aber ich glaube, du wirst es schaffen mich zu überraschen", sagte Emma nun an mich gerichtet. Etwas schüchtern, aber trotzdem mit gewölbter Brust, ging ich auf Emma zu. Da kam einer der halbstarken Hunde wieder bellend auf den Zaun zugestürmt und wurde sogleich von den anderen verfolgt. „Ruhe, Baku!", rief Emma und drehte sich mit strengem Blick um. Die anderen gaben direkt Ruhe, doch der angesprochene ließ sich nicht ganz so leicht einschüchtern. Mama hätte gesagt, dass er in seiner Jugendlichen Trotzphase ist, denn er stiefelte nun mit erhobenem Kopf auf Emma zu und bellte mich weiter an. Das Adrenalin strömte in meinen Körper, als der andere Hund mich fixierte und immer weiter anbellte. „Was willst du von mir?", zischte ich ihn wütend an, denn solche Dreistigkeiten wollte ich mir nicht bieten lassen. „Geh weg, Baku. Leg dich mit jemandem in deinem Alter an!", sagte Emma weiterhin in einem freundlichen, fast schon mütterlichen Tonfall. „Du hast hier gar nichts zu melden, alter Frau. Du bist nicht unser Boss!", schrie Baku ihr wütend ins Gesicht und wandte sich direkt wieder mir zu. „Na, kleines Frischfleisch. Willst wohl einen auf großen Macker machen, was? Warte nur, bis ich dich irgendwann mal in die Finger bekomme. Dann siehst du alt aus!", zischte Baku, drehte sich mit arrogantem Blick um und stiefelte davon. Emma schüttelte traurig den Kopf und sagte: „Ich weiß wirklich nicht, was ich noch mit ihm anstellen soll. Als er neu hierherkam, war er so lieb. Aber dann kamen deine Schwester und du. Er war plötzlich nicht mehr der kleinste und süßeste und hat nicht mehr die meiste Aufmerksamkeit von den Menschen bekommen. Seitdem ist er irgendwie total verbittert und legt sich nur noch mit jedem an. Nicht mal seine Geschwister oder seine Mutter schaffen es zu ihm durchzudringen. Aber du brauchst dir keine Sorgen zu machen. Vorerst bist du von diesem Zaun geschützt. Und wenn du dann hierher auf unsere Seite kommst, beschützen wir und die Menschen dich auch ganz bestimmt!" Ich nickte, aber um mich selbst machte ich mir auch keine großen Sorgen, sondern um meine Schwester. Doch ich wusste, dass auch sie beschützt wurde, vor allem von mir. Ich verabschiedete mich von Emma und ging zu Ilvy. Sie hatte sich inzwischen ein Spielzeug besorgt und nagte mit zufriedenem Gesicht auf dem Kauseil herum. Sie schien nicht viel von unseren Diskussionen mitbekommen zu haben. Als sie mich kommen sah, sprang sie erfreut auf und überschüttete mich mit Fragen. Geduldig versuchte ich jede einzelne so ehrlich wie möglich zu beantworten. Auch sie schien sich schon mehrmals mit Baku gestritten zu haben, denn sie sprach in verächtlichem Tonfall von ihm. „Dieser kleine Arsch führt sich auf, als wäre er der Größte und akzeptiert keinerlei Autorität. Gleichzeitig versucht er sich aber auch immer bei den Menschen einzuschleimen. Er ärgert mich und die anderen Hunde nur, wenn niemand hinschaut!", rief sie wütend aus. Auch wenn meine Gefühlslage gegenüber diesem Baku ziemlich ähnlich war, versuchte ich mir das nicht anmerken zu lassen. Unsere Mutter hatte uns immer versucht so zu erziehen, dass wir ein offenes Herz für alles und jeden behielten. Sie hatte die Menschen nie als Monster verurteilt, auch wenn sie noch so viel schlimmes sah. Und so gab ich mein Bestes meine kleine Schwester zu beruhigen und ihre Wut abzuschwächen. Denn ich wusste um ihren Hitzkopf und was für eine Gefahr er für sie werden konnte. Wie sie schon sagte: Baku ließ sich von nichts und niemandem beeindrucken und konnte nicht mit Autorität, geschweige denn mit

110

irgendeiner Form von Kritik umgehen. Wenn sie ihre Wut irgendwann mal wirklich an ihm auslassen sollte, würde es für sie gefährlich werden. Unser ernstes Gespräch war schon bald wieder vorbei. Stattdessen spielten wir, ließen uns das nächste Essen schmecken und genossen die warme Nachmittagssonne. Die Menschen hielten sich leider die meiste Zeit bei den anderen Hunden auf und gingen mit ihnen oft längere Zeit außer Sichtweite. Jeska hatte mir mal erklärt, dass sie mit den anderen Hunden spazieren gingen, also nach draußen. Ich wünschte mir auch so sehr, raus gehen zu können. Ich wollte sehen, was auf der anderen Seite der großen Mauern war, die uns umgaben. Jeska sagte das wir das irgendwann auch dürfen würden, aber jetzt seien wir einfach noch zu klein. Das Essen bekamen wir jetzt immer von Maiko. Erst abends setzte sich Jeska wieder zu uns und stellte die Schüsseln vor uns ab. Als es kühler geworden war, hatte mich Ilvy aufgefordert mit reinzukommen. Einer der anderen Menschen, dessen Namen ich nicht kannte, hatte unsere Decken zurück reingeräumt und war dann gegangen. Nur Jeska blieb so spät noch, erklärte mir Ilvy. Die anderen schienen nämlich nicht hier zu wohnen, sondern irgendwo anders in einem Hostel, wie sie es nannten. Wir verstanden nicht immer was die Menschen redeten, denn sie benutzten Worte, die uns unbekannt waren. Manches hatten wir schnell dadurch herausgefunden, dass sie darauf zeigten, aber andere Begriffe waren eher abstrakt. Wenn sie uns direkt ansprachen, benutzten sie meist sehr einfache Worte, die wir gut verstehen konnten. Lediglich wenn sie miteinander sprachen, verstanden wir meist nichts. Jeska saß zwar bei uns, sprach aber die meiste Zeit mit Maiko, der das Futter für die anderen Hunde zubereitete. Als auch Ilvy fertig mit Essen war, wandte sich Jeska an uns: „Schön habt ihr gegessen. Na, wie war dein erster Tag hier, Liam? Und geht er dir hier in deinem Reich schon auf die Nerven, Ilvy? Ich helfe jetzt Maiko die anderen Hunde zu füttern und verteile die Medikamente. Danach mach ich euch noch eine Wärmflasche, denn heute Nacht soll es wirklich kalt werden und dann dürft ihr schlafen." Ilvy und ich machten es uns also schon mal bequem und wie versprochen kam Jeska noch einmal und brachte die Wärmflasche. Die großen Jägermeisterflaschen waren zwar nicht unbedingt bequem, aber sie erfüllten ihren Job wirklich gut. Sie hielten schön warm, und zwar fast die ganze Nacht durch. Ilvy und ich kuschelten uns jeder von einer Seite an die in weichen Stoff eingepackte Glasflasche und genossen eine letzte Streicheleinheit von Jeska. Dann ging sie und löschte das Licht. Ilvy schien noch kurz mit mir plaudern zu wollen, doch ich war nach der ganzen Aufregung des Tages völlig fertig und innerhalb von Sekunden eingeschlafen. Ich träumte viel von den anderen Hunden, stellte mir vor, wie der Rest so war. Ich hoffte wirklich, das Ilvy und ich dort Anschluss finden konnten, wenn wir bald dort rüber ziehen würden.

7

Ilvy:

Ich wachte am nächsten Morgen wie gerädert auf. Ich hatte wirklich erwartet, dass ich Liam nachts nerven würde, da ich nicht unbedingt so ruhig schlief. Doch er hatte tief und fest geschlafen und war zehnmal schlimmer. Er schnarchte, als würde er ganze Wälder absägen. Aber nicht nur das, zusätzlich redete er immer wieder laut im Schlaf und zappelte plötzlich wie wild herum. Bei seiner ersten Zappelattacke hatte ich ihn noch besorgt geweckt, aus Angst er habe einen Albtraum. Aber er brummte nur ich solle ihn in Ruhe lassen und drehte sich um. Schnell war ich einfach nur noch genervt von ihm. Trotz, dass ich kaum Schlaf bekommen hatte, erwachte ich wie immer sehr früh, als Maiko hereinspaziert kam. Ich drehte mich um, sodass mir das Licht nicht mehr ins Gesicht schien und versuchte einfach weiterzuschlafen, doch das wollte mir mein Körper scheinbar nicht gönnen. Widerwillig stand ich auf und streckte meine müden Glieder. Mein Bruder lag mit offenem Mund und Gesicht zum Licht gerichtet da, ließ sich davon aber scheinbar kein bisschen stören. Er schnarchte weiter fröhlich vor sich hin. Ich stolperte aus meinem Bett raus und streckte mich noch einmal gähnend. „Na, kleine Ilvy. Hast du nicht gut geschlafen mit deinem Bruder hier?", sagte Maiko, als er mich sah. Ich schaute ihn fragend an. Hörte er denn das laute Schnarchen meines Bruders nicht? Wie hatte es Jeska bloß mit meinem Bruder in einem Zimmer die ganzen Wochen ausgehalten? Hatte er früher, bevor wir hierhergekommen waren, auch schon so geschnarcht, überlegte ich. Ich war mir nicht sicher, aber eigentlich konnte ich mich nicht daran erinnern. Maiko strich mir über den Kopf und sagte dann: „Du siehst wirklich müde aus, Kleine. Geh doch noch ein bisschen schlafen. Ich versuche auch so leise wie möglich zu sein." Er legte mir eine Decke auf den Boden bei der Tür und ich legte mich dankbar darauf. Hier hörte ich das Schnarchen kaum noch. Aber so wirklich schlafen konnte ich trotzdem nicht mehr, denn dafür war es mir viel zu hell. Wenig später kam dann auch Jeska munter wie immer herein. Sie begrüßte mich und sagte nach einem Blick auf Liam lachend: „Na, der Morgenmuffel ist wohl mal wieder durch nichts wach zu kriegen." Ich schaute ebenfalls genervt zu ihm herüber. Bei dem Klang von Jeskas Stimme hatte er sich das erste Mal ein wenig gerührt, sich aber letztendlich nur auf die andere Seite gedreht und weitergeschlafen. „Wie war denn die erste Nacht mit deinem Bruder wieder vereint?", fügte Jeska nun an mich direkt gerichtet hinzu, „du siehst sehr müde aus. Hat er dich gestern Abend nicht schlafen lassen?" „Sie kam mir heute Morgen schon mit diesem müden Blick entgegen getapst", sagte Maiko zu Jeska. „Hört ihr denn nicht wie laut er schnarcht. So ging das die ganze Nacht", sagte ich, auch wenn ich wusste, dass sie mich nicht verstanden. „Am besten wir legen heute Abend wieder ein paar mehr Decken im Raum aus, damit die beiden sich ein bisschen besser aus dem Weg gehen können. Und ich mach dir auch eine eigene Wärmflasche, meine Kleine", sagte Jeska und strich mir sanft über den Kopf, „dann wollen wir euch mal essen machen. Spätestens wenn Liam das Essen richtig riecht, ist er wach, glaub mir." Mit diesen Worten ging sie Maiko zur Hand. Und tatsächlich, wie Jeska prophezeit hatte, tapste mein Bruder auf die Futterschüssel zu, sobald diese den Boden berührt hatte. Ich warf ihm während des Essens immer wieder böse Blicke zu, aber er war viel zu vertieft, um das zu bemerken. Jeska und Maiko gingen in dem Moment, in dem ich mit Essen fertig war und so konnte ich Liam richtig zur Sau machen. „Guten Morgen, Schwesterherz", sagte Liam, als er mich auf sich zukommen sah. Er leckte sich noch genüsslich den letzten Rest Futter von den Lippen und machte es sich

dann auf der Decke bequem, die mir Maiko hingelegt hatte. „Morgen, schnarchende Nervensäge!“,
antwortete ich zickig. Er merkte nicht direkt, dass
ich sauer war, sondern fragte nur unschuldig: „Habe ich geschnarcht?“ „Du hast das ganze Häuschen
zerlegt mit deinem Geschnarche. Und wenn du
grade nicht geschnarcht hast, hast du lautstark vor
dich hingeredet oder um dich getreten, als gäbe es
kein Morgen!“, rief ich wütend und knuffte ihn in
die Seite. Endlich schien er bemerkt zu haben, dass
ich nicht nur scherzte, denn er fragte vorsichtig:
„Bist du wütend?“ „Ich bin todmüde! Ich habe kein
Auge zu bekommen wegen dir!“, rief ich. „Tut mir
leid, Nummer 5. Das wollte ich wirklich nicht,
glaub mir. Wenn du möchtest, kann ich nächste
Nacht woanders schlafen. Denn ich glaube nicht,
dass ich das einfach so ändern könnte“, sagte er
traurig und schleckte mir besänftigend über die
Wange. Als er mich bei meinem alten vertrauten
Namen nannte, den mir Mama gegeben hatte, konnte ich ihm nicht mehr böse sein. „Schon okay, du
kannst ja nicht wirklich etwas dafür. Aber ja es wäre lieb, wenn du dir einen anderen Schlafplatz
suchst. Jeska meinte schon, dass sie uns eine zweite
Wärmflasche für heute Nacht machen wollte“, antwortete ich also. „Ist okay, kleine Schwester. Du
weißt doch, für dich tue ich alles!“, meinte er und

stupste mir sanft mit der Nase in die Seite. Ich lachte und stürzte mich spielerisch auf ihn, sodass wir beinahe zusammen die Treppe hinabkullerten. In dem Moment kam Jeska grade wieder. „Vorsichtig!", rief sie und hielt die Hände schützend vor die Stufe, um uns zur Not aufzufangen. Lachend tollten wir weiter. Diesmal natürlich etwas weiter von den Stufen entfernt. Den Nachmittag verbrachten wir wieder draußen in der Sonne, auch wenn das gar nicht leicht war. Zum einen war unser kleiner Außenbereich von Mauern und Büschen sehr stark geschützt, sodass Jeska regelmäßig kommen musste, um uns die Decken wieder in die Sonne zu legen. Zum anderen, egal was Emma auch versuchte, sobald Liam sich dem Zaun zu sehr näherte, kam Baku laut bellend angerannt. Liam ließ sich davon nicht großartig beeindrucken. Er ging meistens sogar noch ein Stück näher, bevor er gemächlich zu mir zurückkam und sich auf die Decke legte. Bakus Kläffattacken wurden auch die nächsten Tage nicht besser. Ansonsten verliefen die Tage ziemlich ereignislos. Jeska brachte wie versprochen jeden Abend zwei Wärmflaschen und platzierte sie an unterschiedlichen Stellen des Raumes. Liam überließ mir meine Höhle im Schrank und legte sich in ein dafür bereitgestelltes Körbchen am anderen Ende des Raumes. Am Anfang störte er mich nachts trotzdem noch, aber schon bald konnte ich das alles ausblenden und ich schlief wieder ganz wunderbar. Eines Tages wurde es mir mit Baku dann zu bunt und ich zickte zurück. Doch nach einem bösen Blick von Liam war ich direkt wieder still. Am Abend stauchte mich mein Bruder dann zusammen: „Was sollte das denn heute? Wir hatten das Gespräch doch schon einmal, dass du dich nicht von ihm provozieren lassen sollst. Das provoziert ihn dann nur noch mehr." Und damit sollte Liam recht behalten. Denn am nächsten Tag versuchte Baku zwischen den Beinen einer der anderen freiwilligen Mitarbeiterinnen hindurch zu rennen, als diese durch die Tür zu unserem Bereich ging. Beinahe hätte er es sogar geschafft, denn das Mädchen war nicht gerade aufmerksam. Aber Emma zog ihm im letzten Moment am Schwanz zurück. Von da an war dann auch Emma endgültig in sein Visier geraten und er versuchte die anderen Hunde gegen sie und uns aufzuspielen. Einige seiner Geschwister zog er sogar auf seine Seite, aber die restlichen Hunde hielten sich da lieber raus oder hielten zu Emma. Nach und nach stellten sich Liam beziehungsweise uns auch die restlichen Hunde vor. Ich hatte die Namen im Nu drauf, aber Liam tat sich sehr schwer. Besonders die Geschwister von Baku konnte er kaum auseinanderhalten, aber da hatten sogar die Menschen Probleme mit. Baku versuchte es noch ein paar weitere Male mit den Menschen durch die Tür zu kommen, doch diese passten jetzt alle viel besser auf. An einem Tag war Baku plötzlich nicht mehr da. Ich wollte mich schon freuen, denn ich dachte einer von den Menschen, die hierherkamen, um einen Hund mitzunehmen, hätte ihn ausgesucht (auch wenn er das gar nicht verdient hätte). Aber Emma erklärte uns, dass er lediglich in einem anderen Bereich des Shelters war. Dort seien auch noch andere Hunde, die wir noch nie gesehen hatten. Dort würden sie immer durchgehen, wenn sie auf einen Spaziergang in die Außenwelt gingen. An diesem Tag sagte uns Jeska, dass es bald so weit war. Im Laufe der nächsten Tage sollten wir das erste Mal mit zu den anderen Hunden kommen. Freudig erzählte ich das Emma. Sie freute sich auch, dass wir uns endlich mal ohne den Zaun dazwischen sehen können würden. „Deswegen haben sie Baku vermutlich auf die andere Seite gesteckt", murmelte sie und lachte, „schlaue Menschen." Am Nachmittag, nachdem die Menschen beim Essen gewesen waren, kam der Besitzer Jens mit zu uns. Jeska nahm Liam auf den Arm und eines der anderen Menschen nahm mich auf den Arm. Das verunsicherte mich, denn auch sie wirkten etwas angespannt. Ein Blick in Liams Augen zeigte mir, dass er ähnlich fühlte.

Liam:

Warum hoben Jeska und das andere Mädchen uns jetzt plötzlich hoch. Klar wurden wir oft von den Menschen auf den Arm genommen und sie kuschelten mit uns, aber hier wirkte gerade irgendetwas seltsam. Auch das Jens dabei war und einen kleinen Koffer in der Hand hielt, verunsicherte mich sehr. In Ilvys Augen sah ich den gleichen verunsicherten Blick und versuchte mich deshalb aus Jeskas Armen zu befreien. „Hey Kleiner, hiergeblieben. Ich verspreche dir, euch passiert nichts. Das ist nur zu eurem Besten!", sagte Jeska daraufhin und hielt mich noch ein bisschen stärker fest. „Machen wir den Rüden oder die Hündin zuerst?", hörte ich Jens etwas tiefere Stimme fragen. „Ich glaube wir sollten Ilvy zuerst machen. Sonst versucht uns Liam nur dazwischen zu funken, wenn wir sie impfen", antwortete ihm Jeska. Er nickte und ich schaute noch etwas panischer als vorher. Was war dieses Impfen und vor was sollte ich Ilvy da beschützen wollen. Ich versuchte mich noch einmal aus Jeskas Armen zu befreien, doch um gegen sie anzukommen, war ich definitiv immer noch zu klein. Jens stellte die Box auf den Boden ab und öffnete sie. Darin kamen

kleine Fläschchen und gruselig aussehende Plastik-
dinger mit langen spitzen Nadeln dran zum Vor-
schein. Ich hörte Ilvy bei dem Anblick fiepsen und
wehrte mich noch vehementer gegen Jeskas Griff.
„Alles gut, meine Kleine. Das wird nur ein bisschen
Piksen. Aber das ist wichtig, damit du bald zu den
anderen Hunden kannst und damit du irgendwann
ein tolles Zuhause findest!", sagte das Mädchen,
dass Ilvy festhielt. Ilvy hörte bei dem Wort Zuhause
sofort auf zu zappeln. Und auch ich wehrte mich
etwas weniger. Als Jens sich dann aber mit der spitzen Nadel meiner Schwester näherte, setzte ich
meine Gegenwehr energisch fort und bellte heftig.
Doch das alles brachte nichts. Jens pikste Ilvy mit
der Nadel in eine Hautfalte, sodass Ilvy leicht zu-
sammenzuckte. Noch ein zweites Mal pikste er sie,
doch diesmal ließ Ilvy sich nichts anmerken. Das
andere Mädchen setzte sie kurze Zeit später wieder
ab. Sie schüttelte sich und tapste ein paar Schritte.
Und dann kam Jens mit der nächsten Nadel auf
mich zu. Ich schrie wie am Spieß, sodass ich beinahe die Stimme meiner Schwester überhört hätte, die
beruhigend auf mich einredete: „Liam, hör auf dich
zu wehren. Es ist wirklich nicht so schlimm. Es
pikst nur kurz und die eine juckt ganz höllisch, aber
wenn die Menschen sagen, dass wir so ein zuhause
finden, dann lass es gefälligst über dich ergehen."

In einem letzten Versuch wollte ich noch nach Jens Arm schnappen, doch Ilvys strafender Blick hielt mich davon ab. Also ließ auch ich etwas widerwillig die zwei Pikser über mich ergehen. Tatsächlich tat es kaum weh und der zweite juckte wirklich höllisch. Als mich Jeska auf den Boden absetzte, versuchte ich verzweifelt mit den Zähnen die juckende Stelle zu kratzen. Aber ich kam nicht richtig dran. Also versuchte ich es mit dem Hinterbein, doch das war lange nicht so befriedigend. Auch Ilvy hatte sich auf den Rücken gerollt und kratzte sich am Boden. Ich lachte als sie aufstand und komplett voller Dreck war. Auch Jeska, Jens und das andere Mädchen mussten lachen, aber als ich aufsah, schauten sie dabei mich an. Scheinbar hatte ich mich bei meinen Kratzversuchen so sehr verrenkt, dass es für die Menschen lustig aussah. Auch Ilvy musste kichern. Dann schüttelte sie sich, sodass eine riesige Staubwolke die Luft erfüllte. Ich musste so heftig niesen, dass ich mir beinahe die Schnauze am Boden anhaute. Dabei löste ich auch meine verrenkte Position, sodass ich eigentlich nicht mehr lustig aussehen dürfte. Aber Jeska und die anderen lachten trotzdem weiter. Nun fing auch Ilvy an zu Prusten und rief: „Hey Bruderherz! Du hast da was aus der Nase hängen!" Erst jetzt bemerkte ich, dass beim Niesen nicht nur Luft aus meiner kleinen Nase gekommen war. Ein riesiger Tropfen hing mir an der Schnauze. Beschämt drehte ich mich um und leckte mir über die Nase. Dann legte ich mich mit den Rücken zu den anderen und schaute absichtlich in die entgegengesetzte Richtung. Jeska kam auf mich zu und meinte lachend: „Ach, Großer. Du brauchst dich nicht zu schämen und jetzt auch nicht beleidigt tun. Jedem passiert sowas mal, man muss auch mal über sich selbst lachen können!" Sie versuchte mir den Bauch zu kraulen, doch ich blieb stur darauf liegen, denn ich war immer noch sauer. Was für eine Weisheit. Ich kann über mich selbst lachen, aber das grade war nicht witzig. Nun kam auch Ilvy zu mir getapst und Jeska überließ ihr mit diesen Worten das Feld: „Ja, Ilvy, versuch deinen muffligen Bruder mal wieder zum Lachen zu bringen." Dann ging Jeska mit Jens und dem Mädchen zu den anderen Hunden. Den Tönen nach zu urteilen, die ich daraufhin vernahm, waren wir heute nicht die einzigen die geimpft wurden. Ilvy hatte sich versöhnend an mich gekuschelt und ich war daraufhin ein Stück von ihr weggerückt. Aber sie war immer wieder näher gerückt, sodass ich nicht mehr böse sein konnte. Als Jeska und die anderen zurückkamen, waren Ilvy und ich wie wild am Spielen. „Habe ich doch gewusst, dass du ihn wieder zum Lachen bringst", sagte Jeska lachend zu Ilvy, die beinahe über ihren Schuh stolperte. „Und die Impfungen scheinen die beiden auch gar nicht mehr zu merken", meinte Jens, „gut, ich mach mich dann jetzt mal wieder. Ich muss noch ein paar Sachen im Haus erledigen und heute Abend dann RiverTrees, ja?" Jeska nickte fröhlich und das andere Mädchen verabschiedete sich ebenfalls von Jens. Sie spielte noch ein wenig mit uns und dann ging auch sie, wie jeden Tag. Die nächsten Tage verliefen nun noch ereignisloser, als sie es sowieso schon gewesen waren, da Baku jetzt eigentlich jeden Tag auf dem anderen Gelände war. Seine Geschwister hatten ebenfalls damit aufgehört uns anzubellen, nachdem Baku sie nicht mehr dazu anstiftete. Ich hatte ein Gespräch von Jeska und Jens mitbekommen, dass sie Baku jetzt immer auf der anderen Seite lassen wollten und ihn auch in eine andere Gassi-Geh-Runde stecken wollten. Seit er auf der anderen Seite war gab es nicht nur zwischen ihm und mir keinen Stress mehr. Allgemein hatten Stress und Streitereien im gesamten Shelter abgenommen. Emma hatte mir außerdem erzählt, dass er sich bei den anderen Hunden erstaunlich gut benahm. Banjo, ein dreibeiniger Hund, habe ihn am ersten Tag erstmal richtig zurechtgewiesen und seitdem schien Baku seinen Platz in der Rangordnung endlich akzeptiert zu haben. Ich ließ mir regelmäßig von Emma über die Vorgänge, die meiner Beobachtung entgingen, berichten. Ilvy beschäftigte sich dann meistens anderweitig, da sie das todlangweilig fand. Egal wie sehr ich auf sie einredete, dass es wichtig sei, so etwas zu wissen, sie blieb stur. Einmal war sie sogar richtig beleidigt gewesen, weil sie der Meinung war, Emma würde mich jetzt viel lieber mögen als sie. Aber Emma hatte sie schnell wieder beruhigt. Die Tage vergingen und wir warteten darauf, dass Jeska und die anderen Menschen uns endlich mal mit rüber nahmen. Wir dachten schon fast, sie hätten es vergessen. Da kam Jeska den Morgen lachend herein und verkündete uns freudig: „Heute ist es endlich so weit, meine zwei kleinen Großen. Habt wohl gedacht, wir hätten euch vergessen. Nein, keine Angst! Wir wollten einfach nur sicher gehen, dass ihr euch durch den Zaun an die anderen und sie sich an euch gewöhnt haben." Ebenfalls total erfreut sprang Ilvy ihr entgegen. Ich hatte wie immer ein leicht mulmiges Gefühl im Magen, aber das legte sich, als ich Ilvys glückliches Gesicht sah. Wird schon schiefgehen, dachte ich und hüpfte mit Ilvy freudig durch die Gegend. Schließlich wollte ich nicht, dass die anderen beiden meine Sorge bemerkten. Zuerst bekamen wir aber nun unser Frühstück und auch die anderen Hunde wurden gefüttert. Den Morgen über machte Jeska uns schön sauber, kämmte unser Fell und schnitt Ilvys Krallen, denn die wuchsen wie Unkraut. Ilvy fand das gar nicht gut und tat fast so als würde Jeska sie gerade umbringen. Irgendwann musste ein anderes Mädchen dazukommen und Jeska helfen Ilvy festzuhalten, da das alleine einfach nicht zu schaffen war. Ich versuchte mit allen Mitteln auf Ilvy einzureden und sie zu beruhigen, aber sie wollte einfach nicht auf mich hören. Nach dem Mittagessen, als die Hunde auf der anderen Seite größtenteils in ihren Mittagsschlaf verfielen, war es dann endlich so weit. Jens war auch da, um das Ganze mit Argusaugen zu beobachten. Jeska und Alina, eines der anderen Mädchen, holten uns beide und trugen uns vorerst auf den Armen. Nachdem wir durch die Tür waren, hatte sich noch keiner der anderen Hunde gemuckst. Emma konnte ich auch nirgendwo sehen, auch wenn wir ihr extra gesagt hatten, dass wir heute das erste Mal rüberkamen. Sie musste uns doch vor den anderen Hunden beschützen. Besorgt schaute ich mich weiter um, während die Mädchen mit uns auf den Armen ein paar Schritte weiter in den Bereich gingen. Das alles mal nicht mehr nur durch den Zaun zu sehen, war cool und beängstigend zugleich. Jeska setzte mich nun ab und auch Ilvy wurde mit ihren vier Pfoten auf den Boden gestellt, dabei hatten wir immer noch nicht Emma entdeckt. Vorsichtig tapste Ilvy ein paar Schritte nach vorne und ich wollte sie direkt besorgt stoppen, doch ich schaffte es mich zurückzuhalten. Jetzt bemerkte einer der Geschwister von Baku, dass wir hier drin waren und wuffte leicht. Die meisten anderen, die hier herum lagen, hoben nun ebenfalls ihre Köpfe. Kairo, ein anderer Bruder von Baku und der einzige, den ich außerdem noch unterscheiden konnte, kam jetzt aufgeregt um die Ecke gerannt. Er war damals auf Bakus Seite gewesen und immer noch nicht gut auf mich zu sprechen. Jeska und Alina stellten sich schützend vor uns und schimpften Kairo für sein Bellen. Und da kam auch endlich Emma um die Ecke. „Habe ich es mir doch gedacht, dass Kairo hier nicht einfach so grundlos herumbellt. Ihr seid ja schon da, ich dachte ihr würdet erst viel später rüberkommen, sonst wäre ich doch hier gewesen", rief Emma und kam auf uns zu. Auch alle anderen Hunde waren inzwischen neugierig aufgestanden und aus ihren Ecken gekrochen. Einige eher skeptisch und bellend, andere neugierig und vorsichtig, kamen sie auf uns zu. Emma wies zusätzlich zu den Menschen noch einmal Kairo zurecht, bevor sie ganz zu uns gelaufen kam. „Lasst euch ansehen, ihr kleinen Süßen", sagte sie erfreut und stupste uns beide sanft mit der Nase an. „Vorsichtig!", ermahnte sie dann die anderen, die näherkamen. Ilvy war jetzt voll in ihrem Element. Sie freute sich tierisch die anderen Hunde endlich richtig kennenzulernen. Sie ließ sich, ohne zu zögern, von den neugierigen Hundenasen beschnüffeln und reckte selbst ihre Nase neugierig in die Luft. Ich hatte dabei stets ein Auge auf ihr und lies selbst die Hunde nicht ganz so nah an mich heran. „Mach dir doch nicht so viele Sorgen, Liam", sagte Emma, die mich beobachtet hatte, „ihr wird nichts passieren und dir genauso wenig. Ich passe auf euch auf und die Mädels tun das auch, schau doch." Ich schaute auf und entdeckte, dass Jeska und Alina uns genaustens beobachteten und die ganze Zeit in Habacht-Stellung waren, um uns aus jeder möglichen Gefahr direkt herauszuhelfen. Jens war schon wieder weg. Er hatte nur zu Beginn das ganze kurz beobachtet und hatte dann die Verantwortung den beiden Mädels überlassen. „Du musst uns und dir selbst vertrauen. Und du musst die anderen Hunde dich kennenlernen lassen, damit ihr Freunde werden könnt und sie dich nicht als Feind sehen. Es ist eine wunderbare Eigenschaft, dass du vorsichtig und bedacht bist und deine Schwester die ganze Zeit beschützen willst. Aber du bist selbst noch ein Kind und du musst deine Kindheit auch ein wenig genießen können. Ich sage es noch einmal, du musst mir und den Mädels vertrauen und vor allem musst du Ilvy und dir selbst vertrauen. Zu viel Vorsicht ist auch nicht gut, dass macht dich nur unglücklich", fügte Emma mit mütterlicher Stimme hinzu und gab mir einen leichten Schubser mit der Schnauze. Ich hörte auf ihren Rat und ging auf die anderen Hunde zu. Immer noch mit großer Vorsicht, aber ich tat es. Kairo hatte sich inzwischen zurückgezogen und stattdessen machte ich nun sehr nette Bekanntschaft mit einer seiner Schwestern. Ich dachte immer sie sei komplett schwarz, doch jetzt entdeckte ich einen kleinen weißen Fleck auf ihrer Nase und zwischen ihren Vorderbeinen auf ihrer Brust. „Hallo, Liam", sagte sie und schnüffelte mir zur Begrüßung am Po. Unsere Mutter hatte uns immer gesagt, dass man das unter Hunden so machte, aber ich fand es irgendwie seltsam und schreckte erstmal zurück. „Magst du das nicht?", fragte die Hündin, deren Namen ich natürlich vergessen hatte, und schaute mich mit zur Seite geneigtem Kopf fragend an. Sie war ein ganzes Stück größer als ich. „Nein, ich glaube nicht. Tut mir leid, dass ich so zurückgeschreckt bin, das hat nur noch nie jemand bei mir gemacht", sagte ich vorsichtig. „Kein Problem, Kleiner. Ich fand das am Anfang auch total seltsam, aber mit der Zeit gewöhnt man sich dran. Die Menschen haben dir den Namen Liam gegeben, richtig?", antwortete sie. Ich nickte und wollte nach ihrem Namen fragen, doch zu meiner Erleichterung plapperte sie direkt weiter, denn es wäre mir peinlich gewesen: „Mir haben sie den Namen Manila gegeben. Ich mag den Namen nicht so wirklich. Emma sagt, dass die Menschen, die mich adoptieren werden, mir bestimmt einen anderen Namen geben werden. Darauf hoffe ich und solange nenne ich mich gegenüber den anderen Hunden Mila. Das finde ich viel schöner!" Wir unterhielten uns noch eine ganze Weile und Mila versuchte mir den Shelter soweit es ging zu zeigen. Doch immer, wenn wir in den hinteren Bereich gehen wollten, wurden wir von den Menschen aufgehalten. Dabei hatte ich ja genau diesen Bereich noch nie gesehen, da er von unserem kleinen Zuhause hinterm Zaun nicht einsehbar war. Mila redete wie ein Wasserfall, was mich aber nicht weiter störte. Ich war sogar eher froh darüber, denn so musste ich nicht reden. Währenddessen zog Ilvy die Aufmerksamkeit aller anderen Hunde auf sich und war sofort bei jedem beliebt. Sie hatte einfach diesen gewissen Charme, mit dem sie jeden um den kleinen Finger wickeln konnte. Schon unsere Mutter konnte ihr nie lange böse sein, egal was sie mal wieder angestellt hatte. Gelegentlich kamen auch mal ein paar der anderen Hunde zu mir und sagten Hallo, doch dann gingen sie auch schnell wieder. Irgendwann nahmen Jeska und Alina uns dann wieder mit rüber und Ilvy war total traurig darüber. Sie wäre gerne bei den anderen Hunden geblieben, während ich ganz froh war, jetzt erstmal wieder meine Ruhe zu haben. „Nicht traurig sein, Ilvy", sagte Jeska, als diese sehnsüchtig am Zaun stand und fiepste, „wir haben euch schon länger drüben gelassen als eigentlich geplant, weil es so gut lief. Morgen werden wir euch wieder mit rüber nehmen und irgendwann dürft ihr ganz auf die andere Seite ziehen. Aber vorher müssen wir uns dann überlegen, wie wir das mit Baku machen. Denn tagsüber ist er zwar derzeit auf der anderen Seite, aber nachts schläft er immer noch bei seinen Geschwistern, wo ihr dann auch einziehen müsstet." Ilvy warf noch ein paar sehnsüchtige Blicke auf die andere Seite und kam dann mit mir rein zum Essen. Wir beide sind den Tag über so beschäftigt gewesen, dass wir gar nicht bemerkt hatten, wie großen Hunger wir inzwischen hatten. Als Jeska die Schüsseln auf den Boden stellte, warfen wir uns einen genüsslichen und glücklichen Blick zu, bevor wir uns beide voll und ganz unserem Essen widmeten. Am Anfang hatten wir noch einen ziemlich flüssigen Brei bekommen, der immer überall kleben geblieben war. Inzwischen war der Brei etwas dicker, aber Ilvy schaffte es immer noch nicht so wirklich reinlich zu essen. Ich hatte da schon mehr Manieren, aber auch bei mir blieb es gelegentlich nicht aus, dass ich den ein oder anderen Futterbrocken im Fell kleben hatte. Emma meinte, dass sie sehr festes Futter bekam und das war ein Grund, warum ich mich auf das Erwachsenwerden freute. Nach dem Essen war es schon fast komplett dunkel, sodass ich nur noch eine letzte Runde draußen drehte, bevor ich mich in meinen Korb bei der Tür kuschelte. Ilvy kam noch einmal zu mir und sagte mir Gute Nacht, bevor auch sie es sich auf ihrem Thron im Schrank gemütlich machte. Wie jeden Abend hielt Jeska ihr Versprechen und kam mit zwei Wärmflaschen, von denen sie uns jedem eine gab. Bei meinem abendlichen Rundgang hatte ich gesehen, dass der Himmel sehr klar war, was versprach, dass es eine recht kühle Nacht werden würde. Ich war deswegen heute besonders froh über die Wärmflasche. An manchen Nächten brauchte ich sie gar nicht und strampelte sie dann mit den Füßen von mir, aber Jeska machte uns trotzdem auch für diese Nächte weiterhin eine. Ich hatte erwartet, dass ich noch eine Weile wach liegen würde, da ich nach solchen Tagen immer meine Zeit brauchte, um alles zu verarbeiten. Aber der heutige Tag schien so anstrengend für meinen Körper gewesen zu sein, dass ich sofort in einen traumreichen Schlaf fiel. Stattdessen verarbeitete ich den Tag dann in meinen Träumen. Und zum Glück verliefen sie tatsächlich alle sehr schön. Schließlich war den Tag ja auch nichts Schlimmes passiert.

8

Jeska:
Es war heute irgendwie doch etwas spät geworden. Ich war so stolz auf meinen kleinen Liam. Er hatte den Tag mit Bravour gemeistert. Ilvy natürlich auch, aber bei ihr hatte ich da auch nie Zweifel dran gehabt. Sie war einfach ein Naturtalent darin, andere in ihren Bann zu ziehen. Doch um Liam hatte ich mir ernsthaft Sorgen gemacht. Er war schüchtern und so unglaublich fürsorglich gegenüber seiner kleinen Schwester. Entgegen aller Erwartungen hatte er nicht den ganzen Tag an ihrer Seite geklebt. Man hatte gemerkt, wie seine Blicke vor allem am Anfang durchgehend bei ihr waren. Aber da nichts Schlimmes passierte, hatte es keinen Grund gegeben einzugreifen, wodurch auch er sich mit der Zeit entspannte. Und dann hatte er Freundschaft mit Manila, unserem anderen Sorgenkind, geknüpft. Sie war eine komplette Einzelgängerin, wenn auch nicht unbedingt freiwillig. Sie kam einfach nicht gut bei anderen an. Ich freute mich, dass beide ineinander einen Freund gefunden hatten, machte mir aber trotzdem Sorgen, dass sich die beiden in so eine Art Außenseiter-Team verwandelten. Ich hoffte einfach, dass Liam mit der Hilfe seiner Schwester besser in-

tegriert werden würde. Und mit seiner Hilfe dann vielleicht auch Manila. Nachdem wir mit dem Füttern fertig gewesen waren, hatte ich mich schnell fertig gemacht und währenddessen das Wasser für die Wärmflaschen gekocht. Bevor ich dann mit Jens los zum RiverTrees düste, brachte ich die Wärmflaschen noch bei den Kleinen vorbei, die sich schon auf ihre Plätze gekuschelt hatten. Wir hatten einen sehr schönen Abend mit Freunden und ich fiel danach wie jeden Abend todmüde ins Bett. Am nächsten Morgen klingelte wie immer um 7 Uhr der Wecker. Meistens wurde ich schon kurz vorher wach und wälzte mich dann noch ein wenig herum. Dann torkelte ich schlaftrunken zu Liams alter Unterkunft, denn ich hatte mich immer noch nicht ganz daran gewöhnt, dass er nicht mehr hier war. Dabei war er inzwischen schon eine ganze Weile vorne im Shelter. Und besonders morgens, wenn ich noch nicht ganz wach war, setzte die alte Gewohnheit ein. Als mir mal wieder klar wurde, dass ich mich hier um keinen kleinen Fratz kümmern musste, taumelte ich wieder in die entgegengesetzte Richtung ins Bad. Nach ein paar Wasserspritzern ins Gesicht, war ich wach und konnte in den Tag starten. Ich zog mich an, schnappte mir noch eine Jacke, denn es schien kalt draußen und machte mich dann auf den Weg zu den Fellnasen. Maiko hatte wie immer schon das Futter so gut wie fertig und ich kümmerte mich um die Medizin für die Hunde. Ein paar der Jüngeren bekamen derzeit noch Vitamine, die ich in eine kleine Spritze zog. Ginger bekam ihr Epilepsiemedikament und ein paar andere waren auch noch zu versorgen. Als ich mit den Medikamenten fertig war, half ich Maiko noch schnell mit dem Futter, bevor auch ich mir ein Frühstück gönnte. Danach war das Verbinden von unserer „Königin des Shelters" Taji und Ajabu an der Reihe. Die beiden konnten beide ihre Hinterbeine nicht benutzen und bekamen so auf unterschiedliche Arten Wunden. Taji schliff ihre Hinterbeine meist nur hinter sich her, wenn sie nicht im Rollstuhl war, weswegen sie dort ein paar wunde Stellen hatte, die verbunden werden mussten. Ajabus Beine waren so deformiert, dass sie darauf durch die Gegend hüpfte und sich so tiefe Wunden zuzog. Die Wunden mussten zum einen versorgt und verbunden werden. Und dann wurde das ganz noch mit Schaumstoff ordentlich gepolstert, damit die Wunden beim Hüpfen nicht noch schlimmer wurden. Zum Glück sollten bald die Schaumstoffmatten für ihren Innenbereich kommen, sodass sie hoffentlich besser dort herumhüpfen konnte. Die beiden Mädels verband ich vorne am Tisch. Und dann schnappte ich mir noch das Verbandszeug, um im hinteren Bereich des Shelters Max zu verbinden. Dafür nahm ich aber auch Maiko mit, den Max war recht ängstlich und man brauchte mindestens zwei Personen, um seine Pfote zu verbinden. Ihm fehlte ein Teil der rechten Vorderpfote, welcher ihm vermutlich mit einer Machete abgehackt worden war. Ich fand es immer wieder schrecklich, dass Menschen den armen Tieren so etwas antun konnten. Aber häufig geschah es aus Angst oder Unwissen, sie kannten es nicht anders. Deswegen geht Maura auch in die Schulen und versucht die Kinder darüber aufzuklären, wie man mit Hunden umgeht und wie man ihre Signale richtig deutet. Nachdem wir Max verbunden hatten, gingen wir wieder nach vorne, wo inzwischen die anderen Freiwilligen eingetroffen waren. So konnten die ersten Hunde auf einen Spaziergang mitgenommen werden. Ich setzte die erste Runde aber diesmal aus, denn ich wollte stattdessen mit ein paar der anderen Hunde ein wenig Tricksen. Ich fand es wichtig, dass ich den Hunden zumindest die Grundkommandos beibrachte, bevor sie zu potenziellen neuen Familien kamen. Außerdem war die Kopfarbeit zusätzlich zu den Spaziergängen auch wichtig für die Auslastung. Aber bevor ich mich mit dem Tricksen befasste, nahm ich mich erst mal wieder Jacky an. Jacky war eine extrem ängstliche und scheue Hündin, die sich nicht einmal vorsichtig berühren ließ. So war es auch unmöglich sie mit auf Spaziergänge zu nehmen, was ihr Leben auf den Shelter beschränkte. Wir hatten sie inzwischen so weit, dass sie es gelegentlich zuließ, berührt zu werden. Aber die Leine war immer noch ein riesiger Angstfaktor für sie. Also setzte ich das Training fort, in dem ich sie die Leinen auf dem Boden erkunden ließ und sie für den kleinsten Fortschritt belohnte. Die Zeit verging wie immer wie im Flug. Ich war letztendlich auf keiner Hunderunde dabei, hatte aber auch so im Shelter alle Hände voll zu tun. Zur Mittagszeit nahmen wir dann Liam und Ilvy wieder mit rüber und es verlief direkt schon wesentlich ruhiger. Heute schaffte es tatsächlich auch Liam sich mit den anderen Hunden zu beschäftigen. Auch wenn das hauptsächlich daran lag, dass ihn Ilvy zu jedem mit hin schleifte, war ich sehr stolz auf ihn. Das hielt er so eine ganze Weile durch, aber irgendwann zog er sich wieder mit Manila in eine sonnige Ecke zurück. Heute war die Aufregung um die beiden kleinen definitiv nicht mehr ganz so groß, denn die meisten Hunde widmeten sich schnell wieder ihrem Mittagsschlaf. So bekam Ilvy einmal eins von Taji auf den Deckel, da der kleine Wirbelwind sie in ihrer Mittagsruhe störte. Doch Ilvy wirbelte nach einem kurzen Schrecken unbeirrt weiter durch den Shelter. Zweimal musste ich dann noch Liam und Manila aufhalten, die wieder in den hinteren Teil des Shelters stiefeln wollten. Ich konnte verstehen, dass Liam vermutlich auch diesen Teil endlich mal erkunden wollte. Aber bevor wir eine passende Lösung bezüglich Baku gefunden hatten, wollten wir erst einmal nicht, dass die beiden wieder aufeinandertrafen. Diesmal ließen wir sie nicht ganz so lange drüben, damit wir noch ein paar andere Dinge schaffen konnten. Wir mussten sie ja ständig beobachten und da blieb keine Zeit für etwas anderes. Ich beschloss also noch eine kleine Runde mit Emma rauszugehen, da unsere alte Oma leider nicht mit den anderen Hunden auf den Spaziergängen mithalten konnte und deswegen oft etwas zu kurz kam.

Ilvy:
Man war das wieder ein toller Tag gewesen. Ich konnte noch so viel von den anderen Hunden lernen und es machte so einen Spaß so viel Platz zu haben und sich frei bewegen zu können. Am Anfang war ich genervt gewesen von den wachsamen Blicken von Jeska und Liam, doch irgendwann ignorierte ich es einfach und genoss mein Leben. Solange sie mich nur beobachteten und mich nicht mit ihrer Fürsorge direkt nervten, sollten sie doch machen. Zum Schluss war ich von dem ganzen Toben

so müde gewesen, dass ich auf Emmas Pfoten eingeschlafen war. Ich hatte mich einfach nicht mehr
gegen den Schlaf wehren können. Jeska musste
mich dann aufwecken, um uns wieder rüberzubrin-
gen, wo ich eigentlich direkt wieder in einen tiefen
Schlaf gefallen war. Emma sagte, dass das wichtig
war. Ich sollte genug schlafen, damit ich groß und
stark werden konnte. Und dass das dann irgendwann besser werden würde. Darauf freute ich mich
schon! Ich wollte nicht mehr die Hälfte meines Lebens verschlafen. Erst als es Abendessen gab, wachte ich wieder auf. Jeska saß bei uns auf dem Boden
und hatte Liam auf dem Schoß, der bei dem Geruch
des Essens auch die Augen öffnete. So konnte Jeska
wieder aufstehen und Maiko bei dem Futter helfen.
Wie immer bekamen wir zuerst, bevor sie den Rest
zu den anderen Hunden trugen. Nachdem sie fertig
waren, kam Jeska zurück und setzte sich wieder zu
uns. „Kommt her, meine Süßen!", sagte sie und
klopfte mit ihren Handflächen auf ihre Oberschen-
kel. Liam ließ sich das nicht zweimal sagen und
sprang direkt wieder auf ihren Schoß, während ich,
immer noch etwas müde, langsam hinterher tapste.
Nach zwei mehr oder weniger verzweifelten Versuchen auf Jeskas Schoß zu klettern, half sie vorsichtig
nach. Als auch ich es mir dort bequem gemacht hatte, erklärte sie uns, dass sie uns morgen mit auf den

Spaziergang mit Emma nehmen wollte. Ich freute mich riesig über diese Neuigkeiten, auch wenn ich das bei der Müdigkeit nicht ganz zeigen konnte. Liam freute sich auch, auch wenn ich die Sorgenfalten bereits wieder in seinem Gesicht entdeckte. „Aber damit ihr mit rauskommen könnt, braucht ihr erstmal ein paar passende Halsbänder!", fügte sie dann hinzu. Und bevor ich mich versah, zauberte sie zwei wunderschöne kleine Halsbänder hinter ihrem Rücken hervor. Plötzlich war ich hellwach und ganz aufgeregt, sodass ich beinahe von Jeskas Schoß fiel. Sie hatte dann auch ordentlich Probleme mir das Halsband anzuziehen, weil ich so herumzappelte. „Für dich kleine Ilvy-Maus habe ich ein violettes mit kleinen Blümchen darauf ausgesucht. Du musst schon stillhalten, damit ich es dir anziehen kann!", sagte sie lachend. Nachdem sie es endlich geschafft hatte, wandte sie sich an Liam, der sie auch schon in freudiger Erwartung anschaute. „Und für den großen Bruder, passend zum Namen finde ich, ein hellrotes mit kleinen Löwen drauf", murmelte sie, während sie mit dem Verschluss des Halsbandes kämpfte. „Gefallen sie euch?", fragte sie und ich nickte fröhlich mit dem Kopf. Ich schaute glücklich meinen Bruder an und stupste ihn in die Seite, da sich die Sorgenfalten schon wieder auf seinem Gesicht breit machten. „Hör auf dir so viele

Sorgen zu machen, großer Bruder. Emma und Jeska sind dabei und passen auf uns auf. Es wird ganz bestimmt nichts passieren! Die anderen Hunde gehen alle jeden Tag auf Spaziergänge und es kommen alle immer heile wieder zurück!", sagte ich. Er nickte vorsichtig und ein paar Sorgenfalten verschwanden aus seinem Gesicht. Doch der Rest blieb. Und ich wusste, dass ich nichts sagen oder tun konnte, was ihn vollkommen beruhigen würde. Also wünschte ich eine Gute Nacht, schmiegte meinen Kopf zum Abschied an Liam und in Jeskas Hand und ging in meine Schlafecke. Jeska blieb noch eine Weile und streichelte Liam in den Schlaf. Als sie ging war ich immer noch wach, da ich trotz der Müdigkeit vor lauter Aufregung einfach nicht einschlafen konnte. Als die Tür hinter Jeska ins Schloss fiel, fiel ich dann doch in einen traumreichen Schlaf. Ich träumte von dem vergangenen und dann von dem bevorstehenden Tag. Ich versuchte mir im Traum lebhaft auszumalen, wie es wohl auf der anderen Seite der Mauern des Shelters aussehen würde. Emma hatte mir schon so viel erzählt. Und auch von den anderen Hunden hatte ich in den vergangenen beiden Tagen viel erfahren. Nelly, einer der Teenager, wie sie von den Menschen immer genannt wurden, hatte versucht mir Angst zu machen, aber das ignorierte ich. Trotzdem schlich sich eine ihrer Umschreibungen in meinen Traum. Sie hatte gesagt, dass draußen vor dem Tor ganz viele Ziegen und Kühe seien, die gerne kleine Hunde essen würden. Emma hatte versucht mich zu beruhigen und mir gesagt, dass das nicht stimme. Doch die lebhafte Umschreibung von Nelly hatte sich tief in meinen Kopf gebrannt. Das hinderte mich aber nicht daran am nächsten Morgen voller Vorfreude zu erwachen. Liam war ausnahmsweise schon vor mir wach und ich schaute ihn ganz verdutzt an. „Bist du krank, großer Bruder, dass du jetzt schon wach bist?", fragte ich lachend und kletterte aus meinem Bett im Schrank. „Ne, ich hatte einen doofen Albtraum wegen unserem Ausflug heute. Bist du dir sicher, dass das eine gute Idee ist, Ilvy? Ich meine, es kann so viel passieren da draußen. Mama hat uns immer vor der Welt gewarnt!", antwortete er mit besorgter Stimme. „Liebstes Bruderherz. Unsere Mutter kannte weder Jeska, noch Emma und sie hat uns vor der Stadt und vor den Menschen dort gewarnt. Jeska und Emma werden jede Sekunde, die wir da draußen sind auf uns aufpassen und uns mit ihrem Leben beschützen! Und wir sind hier außerdem nicht in der Stadt, sondern auf dem Land. Weit entfernt von den meisten Menschen. Das gefährlichste was uns begegnen kann, ist laut Emma ein anderer Hund oder ein Affe. Und beide interessieren sich nicht wirklich für uns. Ich finde es wunderbar, dass du dich so um uns sorgst, aber du übertreibst es ein bisschen. Ich kann verstehen, dass du Angst hast, nach allem was passiert ist, aber jetzt sind wir in Sicherheit. Behütet von liebevollen Menschen und umgeben von ganz vielen sehr freundlichen Hunden!", rief ich und schaute ihn ernst an. Er lächelte und murmelte: „Ich bin so stolz auf dich, kleine Schwester. Du wirst so schnell erwachsen und hast vollkommen recht. Ich muss mich einfach immer noch daran gewöhnen, dass wir nicht mehr allein sind! Lass uns essen." Erst jetzt bemerkte ich, dass Maiko inzwischen das Futter neben uns abgestellt hatte und uns fragend ansah. Jeska war noch mit den Medikamenten unterwegs und kamen, während wir uns auf das Futter stürzten, zurück, um nun Maiko zu helfen. Der Morgen verlief recht ruhig. Die anderen Hunde kannten uns ja inzwischen immer besser und so kam es zu keinerlei blöden Auseinandersetzungen am Zaun mehr. Emma kam zwischendurch lächelnd zu uns zum Zaun und sagte: „Ich habe gehört ihr zwei kleinen Süßen begleitet mich heute auf meinem Spaziergang! Na, seid ihr schon aufgeregt?" „Nein, alles gut, wir freuen uns", antwortete Liam. Emma grinste und wandte sich an mich: „Ilvy, sag mir. Kann ich das deinem Bruder glauben? Wie besorgt war er wirklich, als er es erfahren hatte?" Ich musste ein wenig lachen, weil Emma meinen Bruder inzwischen genauso leicht durchschauen konnte, wie ich. „Er war sehr aufgeregt, aber inzwischen hat er sich zusammengerissen", antwortete ich grinsend und stupste meinem Bruder in die Seite. Der murmelte nur: „Ihr seid ganz schön fies", und legte sich dann gespielt beleidigt zurück auf die Decke. Emma und ich mussten dadurch nur noch mehr lachen. Wir beide wussten, dass er das nur spielte, also unterhielten wir uns noch eine Weile ausgelassen. Dann riet Emma mir, mich auch noch ein wenig auszuruhen, da wir nach dem Mittagessen loswollten. Ich hatte Emma besorgt gefragt, was denn mit Baku sei, wenn wir da hinten durchmussten, um rauszukommen. Sie wusste es leider auch nicht, aber sie war sich sicher, dass Jeska und die anderen Menschen sich da gewiss etwas Schlaues einfallen lassen würden. Alleine dieser Gedanke hatte mich schon beruhigt. Also legte auch ich mich zu meinem Bruder auf die Decke und döste noch ein wenig vor mich hin. Ich erwachte wieder, weil es mir zu kühl wurde. Da kam auch schon Jeska um die Ecke, um unsere Decke wieder in die Sonne zu legen. Da Liam aber noch tief und fest auf dem alten Platz schlief und wir ihn nicht wecken wollten, holte Jeska eine zweite Decke von drinnen und legte sie mir

in die Sonne. „Na, schon aufgeregt, meine Kleine?",
fragte sie mich mit liebevoller Stimme und kraulte
mir den Bauch, „Nach dem Mittagessen geht es
los!" Ich nickte gähnend und schlief noch ein wenig
weiter. Bevor die Menschen zum Mittagessen gingen, bekamen auch wir Welpen noch einmal Futter
von Maiko. Leider stellte ich mich dieses Mal wieder besonders tollpatschig an und landete mit der
Seite in meiner Futterschüssel. Als die Menschen
vom Mittagessen zurückkamen und das sahen,
mussten sie lachen und Alina murmelte: „Also Ilvy,
so schmutzig willst du doch nicht etwa die große
weite Welt erkunden gehen?" Ich senkte mich
schämend meinen Kopf und sie rief lachend: „Ach,
Kleine, du musst dich doch nicht schämen dafür.
Du bist immer noch ein Welpe, du hast die volle
Erlaubnis, dich beim Essen schmutzig zu machen.
Komm her, ich mache dich noch ein bisschen sauber, bevor wir losgehen", sagte sie daraufhin und
streckte mir die Arme entgegen. Freudig tapste ich
auf sie zu und ließ mich hochheben. Mit einem
feuchten Lappen entfernte sie dann den gröbsten
Schmutz aus meinem Fell und ging danach noch
mit einer Bürste durch, um wirklich alles rauszube-
kommen. Eigentlich mochte ich das ganz und gar
nicht und wehrte mich immer vehement dagegen,
doch heute ließ ich es ausnahmsweise wehrlos über

mich ergehen. Schließlich wollte ich bei meinem ersten Spaziergang schick aussehen! Liam trippelte währenddessen aufgeregt um uns herum und auch Emma schien etwas aufgeregt auf der anderen Seite des Zauns. Es fühlte sich wie eine Ewigkeit an, bis ich endlich sauber war. „So Ilvy, jetzt bist du wieder hübsch", sagte Alina dann und setzte mich auf den Boden, wo ich von meinem wilden Bruder empfangen wurde. „Jetzt müssen wir uns noch um Baku kümmern, damit der uns gleich nicht in die Quere kommt", sagte Jeska und verschwand mit Alina durch die Tür. Vor lauter Aufregung wollten wir schon direkt hinterher hüpfen, doch Alinas Hand schob uns sanft zurück. Es kam mir wie eine weitere Ewigkeit vor, bis die beiden zurückkamen. Ich lief immer wieder am Zaun auf und ab und plapperte wie ein Wasserfall auf Liam und Emma ein. Immer wieder bat ich Emma, dass sie doch bitte Nachschauen gehen sollte, ob sie schon zurückkamen. Irgendwann antwortete sie fast schon genervt: „Ilvy, es ist gut jetzt. Ich war vor zwei Sekunden erst nachsehen. Dadurch wird es auch nicht schneller gehen!" „Tut mir leid, Emma. Ich bin nur so aufgeregt! Ich habe doch jetzt seit Wochen nur diese Wände von innen gesehen. Ich meine vorher war mein Leben auch nicht sehr viel spektakulärer, aber jetzt bin ich auch erwachsener und will endlich die

Welt sehen", erwiderte ich leicht eingeschüchtert. Emma nickte verständnisvoll und das Lächeln war zurück auf ihrem Gesicht. Liam war aber auch nicht viel besser. Er tigerte ebenfalls am Zaun auf und ab und verrenkte sich in der Hoffnung, doch etwas mehr zu sehen. Und da, endlich kamen die beiden Mädels wieder um die Ecke. Sie lachten, was mich direkt etwas entspannen ließ. Ich hatte mir wegen Baku schon ein wenig Sorgen gemacht, so wütend wie er auf meinen Bruder war. Doch wenn die beiden lachten, dann schien alles in bester Ordnung zu sein und unserem kleinen Abenteuer stand nichts mehr im Wege. „Seid ihr bereit?", fragte Jeska, als sie durch die Tür kam. Wie wild lief ich freudig auf sie zu und sprang an ihren Beinen hoch. Auch Liam kam sofort schwanzwedelnd angerannt. „Das heißt wohl ja", sagte Jeska lachend und ging in unser Häuschen. Immer noch freudig springend rannten wir hinterher und vor lauter Übermut wäre ich beinahe die großen Eingangsstufen wieder hinabgepurzelt. Alina war bei Emma geblieben und kraulte ihr den Kopf. Jeska nahm zwei kleine Leinen und eine große von der Wand und schaute uns damit streng an. „Ich will hoffen, dass wir die nicht brauchen, aber zur Sicherheit müssen wir sie mal mitnehmen!", sagte sie und hing sich die Leinen dann um den Hals. Dann ging sie wieder nach draußen und wir natürlich schnellstmöglich hinterher. „So dann mal los", sagte Alina und nahm die große Leine für Emma entgegen. Sie schnallte diese an deren Halsband fest und Jeska beugte sich zu uns herunter, um uns auf den Arm zu nehmen. Ich war so aufgeregt, dass ich kaum stillhalten konnte, so-dass Jeska mehr als einen Versuch brauchte, um uns beide auf den Arm zu kriegen. Dann bekam sie von Alina die Tür geöffnet und es ging los. Emma drip-pelte wie ein junger Hund neben uns her, man merkte ihr ihr Alter plötzlich gar nicht mehr an. Normalerweise war sie eher die gemächliche, doch jetzt war sie einfach so aufgeregt mit uns auf unser erstes Abenteuer zu gehen. Nachdem ich einmal beinahe aus Jeskas Arm geflutscht war, versuchte ich nun, soweit es ging, ruhig zu halten. Ich freute mich einfach so unglaublich sehr.

Liam:
Es ging los. Ich konnte es kaum erwarten, auch wenn mir die Sorge immer noch, wie ein riesiger Kloß, im Hals hing. Das erste Mal konnte ich nun also endlich den Gang einsehen, der mir bisher im-mer verwehrt geblieben war. Jeska oder eine der anderen hatten mich in den letzten beiden Tagen immer aufgehalten. Zwar war ich auf Jeskas Arm und konnte es nicht genau erkunden, aber immer-

hin konnte ich mal alles sehen. Wir gingen vorbei an den 5 Innenbereichen, von denen mir Emma schon berichtet hatte. Jetzt so auf Jeskas Arm erhaschte ich sogar einen Blick auf die Katzen im ersten Kennel. Bei den restlichen waren die Türen offen und vereinzelt hatten sich sogar ein paar Hunde darin verzogen, die nun alle neugierig schauten. Daran vorbei kamen wir in einen weiteren Freilaufbereich, der mit dem anderen über den Gang ohne Tür verbunden war. Hier stand eine kleine alte Bank und der Boden war teilweise von Löchern übersät, die laut Emma regelmäßig von Baku und seinen Geschwistern gegraben wurden. In einem davon hatte es sich Mila bequem gemacht. Als sie mich entdeckte, lächelte sie mir freudig zu, machte sich aber nicht die Mühe aufzustehen. Sie wusste, was unser Plan war, denn ich hatte es ihr heute Morgen durch den Zaun erzählt. Dann wanderte mein Blick zu der Tür, auf die wir nun zusteuerten. Sie führte zu einem kleinen Zwischenbereich, von dem nach links der Bereich mit dem Pool abging. Auch hiervon hatte mir Emma bereits erzählt, aber der Pool war definitiv sehr viel größer, als ich es erwartet hatte. Und das Wasser war auch sehr viel dreckiger als ich es mir vorgestellt hatte. Bei dem Gedanken musste ich kurz grinsen. Emma hatte mir auch erzählt, dass einmal ein süßes, kleines Hundemädchen hier gewesen war, welches nicht laufen konnte. Die Menschen hatten sie mehrmals täglich mit zu dem Pool genommen und sie war in dem Wasser schwimmen gewesen. Nach einer Weile hat sie langsam wieder Muskeln aufgebaut. Zuerst hatte sie wieder sitzen und sich mit dem Hinterbein am Kopf kratzen können. Und mit der Zeit konnte sie sogar wieder die ersten Schritte wagen. Das Mädchen, was sich hauptsächlich um sie gekümmert hatte, hatte sie kurz vor unserer Ankunft adoptiert und mit Nachhause genommen. Ich fand die Geschichte total großartig und würde gerne noch so viel mehr über das Hundemädchen wissen. Aber jetzt erst einmal zurück zu unserem Abenteuer. Wir verließen den Zwischenbereich gerade wieder durch eine weitere Tür und wurden von Maiko und einigen Hunden empfangen. Hier war also Baku die letzten Tage untergebracht worden, damit ich mich nicht mit ihm in die Haare kriegen konnte. Erschrocken schaute ich mich also erstmal um, doch ich konnte ihn nirgends entdecken. Natürlich nicht, dachte ich, Jeska und Alina haben ihn gewiss irgendwo anders hin gesperrt. Maiko und Alina versuchten die anderen Hunde weitestgehend von uns fernzuhalten, während Jeska mit uns durch den großen Freilaufbereich zu einer weiteren Tür im hinteren Bereich huschte. Dieser Bereich war tatsächlich ein ganzes Stück größer und vielleicht auch ein bisschen schöner als der vordere. Er war auf jeden Fall grüner. Der Boden war fast vollständig mit Gras bedeckt und überall waren kleinere Büsche und Bäume. Ich entdeckte auch den dreibeinigen Hund Banjo, der laut Emma Baku zurechtgewiesen hatte und warf ihm einen dankbaren Blick zu. Dieser wurde aber nicht ansatzweise erwidert. Banjo schaute nicht wirklich böse, aber definitiv auch nicht freundlich gesinnt drein. Er hatte etwas Gefährliches an sich, war aber trotzdem sehr ruhig und hielt sich hauptsächlich vom Geschehen fern. In einem Moment war es mir, als entdeckte ich ein ängstliches Glitzern in seinen Augen, aber es war direkt wieder weg. Tatsächlich steuerten wir nun aber nicht auf die Tür hinten in der Mauer zu, sondern auf ein etwas verstecktes Tor links in den Büschen. Das Tor führte uns in einen zugewachsenen, schmalen Gang. Dieser führte zu einer großen Metalltür, durch die ich nicht hindurchsehen konnte. Nachdem Maiko das Tor vor den anderen Hunden geschlossen hatte, setzte Jeska uns auf dem Boden ab. Er wünschte uns noch viel Spaß und ging dann zurück. Wir näherten uns nun der Metalltür und mein Herz begann in meiner Brust immer stärker zu schlagen. Ich war mir sicher die anderen mussten das hören und versuchte angestrengt mich zu beruhigen, doch das machte es ehrlich gesagt nur noch schlimmer. „Na, bereit", fragte Alina, als sie die Hand zum Öffnen an die Tür legte. Mir war spei-übel vor Aufregung, aber ich nickte zaghaft. Und dann ging die Tür auf und die Außenwelt lag wie aus einem Traum vor uns.

9

Im ersten Moment blendete mich die Sonne, ich konnte kaum etwas sehen. In meinem Augenwinkel entdeckte ich Ilvy, die mit offenem Mund ein paar Schritte nach vorne tapste. Ich hatte keinen Grund sie aufzuhalten. Die Schönheit der Natur ließ keinerlei Gefahr vermuten. Es war so anders als ich es erwartet hatte. Klar, Emma hatte erzählt, dass es sehr grün hier war, aber so viel Grün hatte ich mir einfach nicht vorstellen können. Ich war die braunen, staubigen Straßen von unserem alten Zuhause gewohnt, aber das hier erschien mir wie eine vollkommen andere Welt. Auch ich ging ein paar Schritte und spürte das saftige Gras unter meinen kleinen Pfoten. Es fühlte sich so gut an. Ich blickte zu meiner Schwester. Ihr Mund stand immer noch weit offen, aber sie sah dabei so unglaublich glücklich aus.

Ilvy:
Wow, einfach nur wow, dachte ich als ich den ersten Blick durch die Tür warf. Es war wie in meinen Träumen, nein es war sogar noch viel besser! Überall grün, so viele Pflanzen. Ich stand eine Weile einfach nur da und betrachtete die Welt um mich herum. Ich war wie in Trance. Und ganz plötzlich löste

sich meine Starre. Ich konnte gar nicht anders als loszurennen. Das Gras unter meinen Pfoten federte meine Schritte so wunderbar ab. „Langsam, meine Kleine", hörte ich Emma von hinten rufen und auch Baku und die Mädchen gaben einen besorgten Ton von sich. Doch ich konnte mich nicht zurückhalten. Endlich war ich frei, endlich konnte ich diese wunderbare Welt erkunden. Erst war ich von Mama in unserem winzigen Zuhause festgehalten worden, dann von meinen Geschwistern. Einen kurzen Blick hatte ich auf die Welt erhaschen können, als wir von den Menschen gerettet worden waren, doch das waren nur diese hässlichen grauen Straßen gewesen. Als nächstes war ich dann ewig in meinem kleinen Bereich im Shelter gefangen gewesen, hatte nur bei den gelegentlichen Ausflügen zu meinem Bruder einen kleinen Blick auf die schöne Natur im Garten erhaschen können. Und auch die Ausflüge zu den anderen Hunden in den vergangenen beiden Tagen, hatten mein Bedürfnis nach Freiheit und Abenteuer nicht ansatzweise befriedigen können. Ich rannte und rannte, drehte mich im Kreis. Ich stolperte über eine kleine Wurzel, rappelte mich direkt wieder auf und lief weiter. Plötzlich bewegte sich etwas Weißes neben mir im Busch und ein großer, gruselig aussehender Kopf mit Hörnern reckte sich in meine Richtung. Es öffnete den Mund und machte: „Bäääh!" Der Schreck steckte mir tief in den Gliedern und ich konnte es nicht zurückhalten. Ich schrie wie am Spieß und stolperte einige Schritte rückwärts. Das große weiße Ungeheuer wollte mir folgen, doch wurde glücklicherweise von irgendwas zurückgehalten. Es sah genau aus, wie diese Dinger, von denen mir Nelly erzählt hatte. Wollte es mich wirklich fressen? Ich hörte wie sich schnelle Schritte von rechts näherten und warf einen raschen Blick dorthin, bevor meine Augen wieder das Ungeheuer fixierten. Baku, Emma und die Mädchen kamen angelaufen. Baku stellte sich sofort schützend vor mich und bellte das Ungeheuer wie wild an. Wenn man die Geräusche, die aus seinem Maul kamen, denn schon als Bellen bezeichnen konnte. Dieses Ding gab wieder das seltsame Geräusch von sich und versuchte ein weiteres Mal näher zu kommen, doch das Seil um seinen Hals hielt es wieder zurück. Ich wartete darauf, dass Jeska und Alina uns retteten und mich auf den Arm nahmen, doch das geschah nicht. Stattdessen vernahm ich plötzlich ein schallendes Lachen von rechts. Verwirrt schaute ich auf und sah, wie die beiden Menschen mich einfach auslachten. Auch Baku war verwirrt und hörte auf zu bellen. Immer noch lachend beugte sich Jeska zu uns herunter und strich uns sanft mit der Hand über die Köpfe. „Keine Angst, meine

Kleinen, das ist nur eine Ziege! Solange ihr sie nicht ärgert, wird sie euch nichts tun. Außerdem ist sie wie ihr seht festgebunden und kann also gar nicht zu euch! Daran müsst ihr euch gewöhnen, die Ziegen stehen hier überall und auch einige Kühe werden hier zum Grasen festgemacht", sagte sie. Mein Puls beruhigte sich wieder und auch Bakus Körper entspannte sich wieder etwas. Man hatte dieses blöde Ziegending mir einen Schrecken eingejagt. Als ich sie jetzt in Ruhe genauer betrachte, fiel mir dann auch auf, dass sie gar nicht so furchterregend, sondern eher harmlos und ein wenig verblödet aussah. Sie hatte inzwischen das Interesse verloren, sich umgedreht und wieder dem Gras zugewandt. Auch Emma sagte ein paar beruhigende Worte und meinte dann: „Na, kommt meine Süßen. Lasst uns weitergehen! Ihr wollt doch gewiss noch ein bisschen mehr von der Welt sehen als nur so eine blöde Ziege." Also folgten wir weiter dem schmalen Trampelpfad und entdeckten noch zwei weitere Ziegen zwischen den Büschen. Eine davon war fast komplett braun, die andere weiß-braun. Der Trampelpfad führte uns jetzt auf einen großen, breiten Weg, der stark durchfurcht war. Emma erklärte uns, dass die Furchen von dem Wasser stammten, welches den Weg hier nach den starken Regenfällen in einen reißenden Fluss verwandelt hatte. Die Regenzeit war kurz nach unserer Ankunft hier gewesen und Baku hatte kaum etwas davon mitbekommen. Ich hatte damals die meiste Zeit drinnen verbracht und nur immer mal wieder ein paar Wassertropfen von den nassen Menschen abbekommen. Ich fand die Furchen total cool und kletterte darin herum. Auch Liam hatte seinen Spaß und Emma und die Mädchen schauten lachend zu. Als wir dem Weg folgten, entdeckten wir links davon auch ein paar Kühe, die noch größer und bedrohlicher aussahen als die Ziegen vorhin. Aber ich hatte keine Angst vor ihnen, denn auch hier entdeckte ich schnell die Seile, mit denen sie festgebunden waren. Unser Spaziergang führte uns weiter bis zu einer großen Wiese, von wo aus man den großen Berg gut sehen konnte. Jeska sagte, dass sei der Mount Meru. Wir durften eine ganze Weile auf der Wiese herumtollen und die Welt erkunden. Emma lag die meiste Zeit gemütlich im Gras, während Liam und ich entweder zusammen spielten oder jeder unseren eigenen Weg auf der Suche nach einem kleinen Abenteuer gingen. Liam entdeckte einen total coolen kleinen Stock im Gras und sauste damit plötzlich an mir vorbei, sodass er mich beinahe damit umhaute. „Hey!", rief ich und rannte ihm hinterher. Ein paar unverständliche Worte kamen aus seinem Mund, da der Stock ihn am Sprechen hinderte. Liam war zwar schneller als ich, aber ich war schlauer und wendiger. So hatte ich es schon bald geschafft ihn einzuholen. Als ich nah genug dran war, schnappte ich nach dem Stock, der rechts ein ganzes Stück aus seinem Maul herausragte. Liam konnte gerade noch rechtzeitig den Kopf wegdrehen, schlug einen Haken und flitzte nun auf Jeska zu. Ich war leicht gestolpert, als ich ins Leere geschnappt hatte, berappelte mich nun aber wieder und rannte ihm hinterher. Er ließ mich gerade so aufholen und rannte dann eine schnelle Kurve um Jeskas Beine. Damit hatte ich nicht gerechnet und bekam die Kurve nur in einem etwas größeren Bogen. Als nächstes steuerte er auf Alina zu. Doch diesmal wusste ich was er vorhatte und ließ mich nicht austricksen. Statt ihm also um Alinas Beine zu folgen, erwartete ich ihn auf der anderen Seite. Er rannte erschrocken beinahe in mich rein, ließ dabei den Stock fallen. Ich schnappte mir die Beute im Nu und rannte nun damit vor ihm davon. Auch er hatte sich schnell wieder berappelt und hing sich an meine Fersen. Doch jetzt wo ich die Gejagte war, konnte ich meine Wendigkeit noch ein ganzes Stück besser ausnutzen, sodass er keine Chance hatte. Schnell gab er auf. Er warf sich vor Alina ins Gras, die sich inzwischen auf einen kleinen Baumstumpf gesetzt hatte, und kratzte sich genüsslich den Rücken am

Boden. Auch ich legte mich daraufhin zu Emma in den Schatten und kaute stolz auf meinem Siegesgut. Einige Minuten später versuchte sich mein Bruder noch einmal an mich heranzuschleichen und mir den Stock zu stehlen. Doch ich hatte ihn schon von weitem kommen sehen, sprang in letzter Sekunde auf und flitzte damit davon. Kurze Zeit später machten wir uns auf den Rückweg. Nach anfänglichem Gejammer merkte ich schnell das es richtig war zurückzugehen, denn mir wurden die Augen richtig schwer. Jeska musste mich, schon lange bevor wir zurück beim Shelter waren, wieder auf den Arm nehmen und Liam schaffte es auch nur gerade so zum Ziel. Den Weg durch den Shelter verschlief ich komplett und bekam auch nicht mit, wie mich Jeska in mein Bett legte. Ich wachte erst wieder auf, als die nächste Mahlzeit auf dem Plan stand.

Emma:
Es war ein wirklich toller Spaziergang mit den beiden kleinen gewesen. Ach, wie vermisste ich meine Jugendtage, als ich noch so viel Energie hatte. Es war so schön die Geschwister miteinander spielen zu sehen. In den nächsten Tagen kamen sie zwar nicht jeden Tag, aber zumindest regelmäßig mit mir auf meine Spaziergänge. Einmal nahmen die Mädels auch Manila mit und die beiden Kleinen hiel-

ten die Teenagerin ganz schön auf Trab. An den restlichen Tagen kamen Liam und Ilvy wieder in den Shelter zu den anderen Hunden und es lief immer besser zwischen allen. Unsere Spaziergänge wurden immer länger und größer. Ich wusste, dass ich schon bald wieder allein oder mit den anderen älteren Herrschaften auf einem Spaziergang sein würde. Ich konnte mit den Kleinen so langsam einfach nicht mehr mithalten. So schön es war sie groß werden zu sehen, so sehr würde ich ihre Zeit als Welpen auch vermissen. Die Menschen überlegten inzwischen fieberhaft, wie sie die Schlafsituation mit Baku regeln konnten, damit Liam und Ilvy möglichst bald aus dem Vorraum zu uns in die Kennel ziehen konnten. Die beiden hatten inzwischen ihre zweite Impfung hinter sich und waren bereit auf die Menschheit losgelassen zu werden. Bestimmt würden sie schon bald zur Adoption freigegeben werden. Und ich konnte mir schwer vorstellen, dass es lange dauern würde, bis die ersten Interessenten vor der Tür standen. Doch schlussendlich sollte alles anders kommen, als ich es erwartete hatte.

Jeska:
Die Tage vergingen schon wieder wie im Flug und inzwischen war ich schon fast 4 Monate hier in Tan-

sania und hatte die meiste Zeit davon im Tierheim verbracht. In ein paar Tagen würde ich zu meiner Tour auf den Kilimanjaro aufbrechen und dabei ein paar der anderen Freiwilligen aus dem Hostel mal wieder richtig wiedersehen. Schon jetzt wusste ich, dass ich Liam, Ilvy und auch die anderen Hunde in den 6 Tagen schrecklich vermissen würde. Ich fragte mich, wie ich das schaffen sollte, wenn sie von jemand anderem adoptiert werden würden. Beziehungsweise, wenn ich dann zurück nach Deutschland gehen würde. Ich hatte eigentlich beschlossen keinen Hund mit nach Hause zu nehmen, doch an dieser Entscheidung festzuhalten fiel mir immer schwerer. Ich hatte in der Zeit, in der ich Liam wieder auf die Beine geholfen hatte, eine spezielle Verbindung zu ihm aufgebaut. Ich fühlte mich, als würde ich ihn im Stich lassen, wenn ich ihn nicht adoptierte. Aber die Tatsache, dass er diese unglaubliche Verbindung zu seiner kleinen Schwester hatte, ließ mich zusätzlich zögern, denn ich wollte sie nicht einfach trennen. Aber beide konnte ich definitiv nicht mitnehmen. Doch bevor ich eine Entscheidung traf, beschloss ich erst einmal meine Reise abzuwarten. Am Montag ging es los. Insgesamt waren wir 4 Mädels mit zwei Bergführern, einem Koch und noch einer ganzen Crew für das Gepäck. Der Weg war anstrengend, aber einfach nur wunderschön und es lohnte sich jede Sekunde davon. Und in dem Moment, in dem ich auf dem Gipfel ankam, war mir klar, dass ich Liam mitnehmen würde. Alina, die mit mir diesen Berg erklommen hatte, stand neben mir und sah mich glücklich an. „Du hast dich entschieden, oder?", sagte sie, als hätte sie meine Gedanken gelesen. Ich nickte und musste grinsen, als sie mich voller Freude in den Arm nahm. „Ich habe mich denke ich auch entschieden!", sagte sie dann, als sie mich wieder losließ. Ich schaute sie verwirrt an, denn ich hatte keine Ahnung, wovon sie redete. „Ich werde Ilvy adoptieren! Sie hat mir einfach mein Herz gestohlen, ich kann nicht anders! Wir wohnen nicht weit voneinander und wenn du Liam nimmst und ich Ilvy, dann können wir uns ganz viel treffen und die beiden Geschwister werden nie ganz voneinander getrennt sein!", rief sie aus. Im ersten Moment starrte ich sie einfach nur mit offenem Mund an, bevor ich ganz realisierte, was sie da gerade verkündet hatte. Sie hatte vorher keinen Ton zu mir gesagt, dass sie sich darüber auch nur ansatzweise Gedanken machte. Ich wusste, dass sie überlegt hatte, einen der Hunde zu adoptieren, aber ich hatte mir nicht einmal im Traum erhoffen können, dass sie Ilvy nehmen würde. Wir waren in der gemeinsamen Zeit hier dicke Freunde geworden und hatten schon Pläne für Wiedersehen in Deutschland geschmiedet. Doch das machte alles einfach nur perfekt. Jetzt durfte bloß nichts mehr schief gehen. Freudig hüpften wir Arm in Arm durch die Gegend, sodass wir einige verdutzte Blicke von den Mitwanderern erhielten. Doch das war uns egal. Schnell merkten wir, dass wir so langsam den Abstieg wieder antreten sollten. Auch unser Bergführer Gilbert gab uns zu verstehen, dass es Zeit war. So schön es hier oben auch war mit dem ganzen Eis und Schnee und der atemberaubenden Aussicht, die wir heute genießen durften, so schnell merkte man dann die mangelnde Atemluft. So konnte man leider nur wenige Minuten auf dem Gipfel verbringen. Der Weg zurück runter war fast noch schlimmer, da wir inzwischen alle einfach nur fix und fertig waren. Ich freute mich am allermeisten auf eine richtige Dusche. Denn auf der Wanderung war das Beste, was wir hatten, eine kleine Schüssel voll warmen Wassers mit einer kleine Seife abends und morgens. Außerdem mussten wir uns draußen waschen und da war es erstens viel zu kalt, um sich großartig auszuziehen, und zweitens konnte ja jeder zusehen. Zusätzlich freute ich mich natürlich unglaublich meine Hunde wiederzusehen. Als wir unten waren, bekamen wir dann auch unsere Urkunden. Wir erhielten alle die goldene Urkunde, da wir es bis nach ganz oben auf den Uhuru Peak geschafft hatten. Die Fahrt zurück nach Arusha haben wir größtenteils verschlafen. Ich ging zurück zuhause direkt ins Bett und ließ noch einen letzten Tag die anderen die Abendroutine machen. Am nächsten Tag war ich dann aber wieder um 7 Uhr im Shelter und ging direkt zu Liam und Ilvy. Ich hatte Alina versprochen auf sie zu warten, um den beiden die tollen Neuigkeiten zu verkünden. Mir war zwar klar, dass sie es vermutlich eh nicht verstehen würden, trotzdem konnte ich es kaum erwarten, es mit den beiden zu teilen. Sie freuten sich beide wirklich unglaublich, als ich morgens ihren kleinen Bereich betrat. Sie waren die Woche, die wir weg waren, noch nicht umgezogen, dies stand erst diese Woche auf dem Plan. Wir hatten inzwischen alle gemeinsam eine mehr oder weniger gute Lösung für Baku gefunden. Bevor ich die Medikamente machen und Maiko helfen konnte, musste ich Liam erstmal eine Runde knuddeln. Und auch Ilvy fand ihren Platz auf meinem Schoß und wurde ordentlich geknuddelt. Ich war gestern Abend nicht mehr dazu gekommen meine und Alinas Pläne mit Jens zu besprechen, deswegen würden wir das vermutlich beim Mittagessen versuchen und es erst danach den Hunden verkünden.

Liam:

Eine Woche lang war Jeska jetzt weg gewesen. Sie hatte uns vorher gesagt, dass sie weg sein würde. Aber ich hatte irgendwie nicht erwartet, dass es so lange sein würde. Ich hatte sie so sehr vermisst und freute mich unglaublich, als sie heute Morgen endlich wieder durch die Tür in unser Häuschen kam. Sie war ein klein wenig später dran als sonst und sah ziemlich müde, aber unglaublich glücklich aus. Sie knuddelte uns erst einmal ausgiebig, bevor sie sich mit Maiko um das Futter und die Medikamente kümmerte. Die anderen Freiwilligen hatten uns die Woche auch immer wieder mit auf Spaziergänge und mit rüber in den Shelter genommen, aber ohne Jeska war es für mich nicht das Gleiche. Ich war sehr viel nervöser gewesen, da sie nicht auf mich und meine Schwester aufpasste. Nach dem Frühstück verbrachte Jeska weiterhin sehr viel Zeit mit uns und ließ die anderen Menschen sich um die anderen Hunde kümmern. Man merkte ihr ihre Müdigkeit wirklich sehr stark an. Sie erzählte uns stolz, was sie und Alina die letzten Tage alles erlebt hatten. Auch Alina saß die meiste Zeit bei uns. Ilvy hatte sich unglaublich gefreut sie wiederzusehen und auch ich war glücklich, dass sie wieder da war. Als die beiden dann vom Mittagessen zurückkamen, sahen sie etwas wacher und vor allem überglücklich aus. „Wir haben unglaubliche Neuigkeiten für euch beide", sprudelte es nur so aus Alina heraus, die sich direkt wieder zu uns auf den Boden setzte. „Ihr beide seid adoptiert!", sagte nun Jeska mit einem frechen Grinsen im Gesicht. Ilvy, die eigentlich mit einem Spielzeug beschäftigt gewesen war, schreckte herum und schaute die beiden Mädchen mit offenem Mund an. Auch mir war die Kinnlade heruntergefallen und als ich das bemerkte, klappte ich meinen Mund schnell wieder zu und schaute die Mädchen nur noch neugierig an. Ilvy war inzwischen auf Alinas Schoß geklettert und stand mit den Pfoten auf ihrer Brust. In meinem Kopf kamen so viele Fragen auf. Wer hatte uns denn adoptiert, es war doch gar niemand hier gewesen. Und normalerweise kamen immer fremde Menschen in den Shelter, schauten sich die Hunde an und nahmen dann einen von ihnen mit. Doch in den vergangenen Tagen war niemand hier gewesen. „Während wir auf dem Kilimanjaro waren, haben wir gemerkt, wie sehr wir euch beide vermissen und dass wir nicht ohne euch gehen wollen! Deswegen haben wir vorhin mit Jens gesprochen und er sagt, solange die Testergebnisse positiv zurückkommen, können wir euch natürlich mit nach Deutschland nehmen. Das heißt, wenn ihr damit einverstanden seid, werde ich Liam adoptieren", sagte Jeska freudestrahlend. „Und ich werde Ilvy adoptieren!", fügte Alina ebenfalls freudestrahlend hinzu. Ich brauchte einige Minuten, um das Ganze zu verarbeiten. „So werdet ihr zwar getrennt, aber keine Angst. Wir wohnen in Deutschland gar nicht weit voneinander entfernt und werden uns so oft wie es nur geht treffen. Sodass ihr beiden euch euer ganzes Leben immer wieder sehen könnt!", fügte Jeska noch hinzu. So langsam verstand ich, was sie da sagten und sprang voller Freude an Jeska hoch und schleckte ihr durchs Gesicht. Mein Lieblingsmensch würde mich adoptieren! Ich würde endlich eine richtige Familie, mit einem richtigen Zuhause haben, so wie Mama es immer gesagt hatte. Und das, bei meinem Lieblingsmenschen, anstatt einem völlig fremden. Zudem hatte ich immer Angst gehabt, dass ich eines Tages von meiner Schwester getrennt werden und sie nie wieder sehen würde. Emma hatte gesagt, dass dies mit großer Wahrscheinlichkeit passierte. Doch die Nachrichten, dass sie von Alina adoptiert werden würde, die ebenfalls ein ganz wunderbarer Mensch war und dass ich meine kleine Schwester regelmäßig wiedersehen würde, machten das Ganze nicht mal halb so schlimm. Auch Ilvy hatte so langsam verarbeitet, was die beiden Mädchen uns da gerade verkündet hatten. Auch sie schien überglücklich darüber, dass

Alina sie adoptieren würde. Ich wusste, dass sie sich das schon lange wünschte. Ich hatte versehentlich ein Gespräch zwischen ihr und Emma belauscht. Sie hatte sich nicht getraut mir das zu sagen, weil sie Angst hatte, wie ich reagierte, wenn sie allein adoptiert wird. Doch ich hatte es verstanden. Ich hatte den gleichen Wunsch bezüglich Jeska gehegt. Sie hatte mir das Leben gerettet und ich war ihr so unglaublich dankbar. „Sie scheinen einverstanden", sagte Alina lachend zu Jeska und knuddelte Ilvy, die ihr voller Freude die Ohren ableckte.

Alina:
Eigentlich hatte ich vorgehabt am nächsten Tag frei zu nehmen, um mich noch ein wenig von der Reise auf den Kilimanjaro zu erholen. Doch dann hatte Jens vorgeschlagen, direkt am nächsten Tag für die Blutabnahme mit den beiden Hunden zur Tierärztin zu fahren. Das konnte ich mir natürlich nicht entgehen lassen, weswegen ich am nächsten Morgen wieder um halb 8 aus dem Bett fiel, um mich für den Arbeitstag fertig zu machen. Das Brot fürs Mittagessen war so gut wie leer, weshalb ich auf dem Weg zum Tierheim noch beim Tanz Hands stoppte, um Brot zu holen. Pünktlich um 9 Uhr kam ich beim Tierheim an. Die Strecke von meinem Hostel aus war relativ weit und ich konnte definitiv ver-

stehen, warum Jeska sich entschieden hatte ins Tierheim zu ziehen. Auch wenn ich vermutlich den Kontakt zu den anderen Freiwilligen zu sehr vermisst hätte. Dadurch, dass ich noch Brot holen war, musste ich erst mit zwei Daladalas fahren und dann in ein Piki-Piki umsteigen, was mich die lange Straße hoch zum Tierheim brachte. Daladalas sind kleine Busse, die einen relativ günstig von A nach B bringen und meist sehr voll sind. Pikis sind Motorradtaxis, die zwar etwas teurer und vermutlich auch sehr viel gefährlicher sind, aber dafür auch schneller und die einzige Möglichkeit zum Tierheim zu kommen. Der Pikifahrer meines Vertrauens war heute leider nicht da gewesen, weswegen ich mit etwas wackligen Knien durch das Eingangstor des Tierheims trat. Mir kam schon ganz aufgeregt Jeska entgegen und sagte: „Wir müssen noch ein wenig warten. Nabuku ist noch irgendwo im Garten unterwegs und vorher können wir die beiden kleinen nicht zum Auto bringen." Nabuku war einer von Jens Hunden, die mit ihm Haus wohnten und sich hier in dem Vorgarten frei bewegen konnten. Außerdem war es eh besser, wenn wir erst noch auf einen der anderen Freiwilligen warten würden, die heute kamen, damit wir Amoni nicht ganz allein mit den restlichen Hunden ließen. Während wir warteten, versuchten wir Nabuku mit allen Mitteln davon zu überzeugen wieder ins Haus zu gehen. Doch kein Leckerli der Welt ließ sie ihren Streifzug durch den Garten abbrechen. Kurz bevor die anderen Freiwilligen eintrafen, entschied sich die Hündin endlich von selbst zurück ins Haupthaus zu gehen. Jeska erklärte den anderen Freiwilligen noch schnell, was schon erledigt war und was noch getan werden musste, während ich und Jens die beiden Hunde ins Auto einluden. Dann konnte die Fahrt zum Tierarzt endlich losgehen. Ilvy und Liam befanden sich hinten im Kofferraum und schauten während der kompletten Fahrt neugierig aus dem Fenster. Ilvy gab bei jedem Hund, den sie draußen entdeckte, ein leichtes Wuffen von sich, als wolle sie uns darauf aufmerksam machen. Die beiden benahmen sich ganz wunderbar bei der Tierärztin, auch wenn Liam wie immer etwas schüchterner war und sich anfangs gegen die Untersuchung wehrte. Zuletzt wurden die Blutproben genommen, die wir direkt mitnahmen. Im Shelter übergaben wir sie an Sophia, die in den nächsten Tagen den Heimweg antreten würde und die Blutproben dann mitnahm. Die Proben mussten nach Deutschland, wo sie am Uniklinikum in Gießen auf den Tollwut-Titer getestet werden würden. Erst wenn wir von denen das Okay bekamen, würden Ilvy und Liam einreisen dürfen. Die Tage nach Sophias Abreise warteten wir voller Spannung auf die Ergebnisse. Wenn sie negativ zurückkamen, also noch kein ausreichender Schutz gegen Tollwut bestand, müssten die Hunde noch einmal geimpft werden und dann das Blut erneut nach Deutschland gebracht werden. Die beiden dürfen erst 3 Monate nach positiv getesteter Blutprobe nach Deutschland einreisen und dieser Zeitraum war schon jetzt knapp bemessen, da Jeska und ich nur noch etwas mehr als 3 Monate hier waren. Eine zu lange Verzögerung würde dazu führen, dass wir die Hunde nicht selbst mitnehmen könnten, wenn wir zurückreisten. Und dann müssten wir einen Paten finden, der sie mitnimmt, was gar nicht so leicht ist. Doch diese Sorgen versuchte ich erst einmal beiseitezuschieben, denn noch war die Wahrscheinlichkeit hoch, dass wir ein positives Ergebnis zurückbekamen.

Ilvy:
Unser Ausflug war so aufregend gewesen. Ich musste zugeben, es hatte mich etwas nervös gemacht auf diesem kalten Stahltisch untersucht zu werden und das von einer völlig fremden Frau. Doch ich verstand, dass es wichtig war. Außerdem waren die Mädchen dabei und passten auf uns auf. Die Nadel, womit sie mir Blut abgenommen hatten, hatte auch ordentlich weh getan. Aber ich hatte ver-

sucht mir nichts anmerken zu lassen, damit mein Bruder ruhig blieb. Liam hatte man die Nervosität schon so deutlich aus dem Gesicht ablesen können. Auch er blieb auf dem Untersuchungstisch ruhig. Vermutlich hatte er Angst als Angsthase dazustehen, nachdem ich so ruhig geblieben war. Bei der Blutabnahme zuckte er dann aber stark zusammen und schrie ganz leicht auf. Die Rückfahrt hatte er mich immer wieder gefragt, ob bei mir alles okay sei und so oft ich ihm auch versicherte, dass es mir gut ging, er ließ einfach nicht locker. Nachdem die beiden Mädchen uns gesagt hatten, dass sie uns adoptieren wollten, war ich anfangs sehr traurig und besorgt gewesen, dass ich dann von Liam getrennt sein würde. Doch mit der Zeit hatte ich begonnen die Vorteile zu erkennen. Ich vermisste es sichtlich allein in meinem kleinen Bereich zu sein und nicht den ganzen Tag unter der Überwachung meines Bruders zu stehen. Ich liebte ihn über alles und ich fand es auch echt süß, wie er sich um mich sorgte. Aber es war auch einfach verdammt nervig und ich bezweifelte sehr stark, dass sich irgendetwas ändern würde, wenn wir älter werden würden. So freundete ich mich tatsächlich ziemlich schnell mit dem Gedanken an meinen Bruder zwar regelmäßig zu sehen, aber den Rest der Zeit mein eigenes Leben führen zu können. Ganz im Gegenteil zu

Liam, der mit dem Gedanken immer noch ganz und gar nicht klar kam. Nachdem ich ihn damals das erste Mal bei Jeska im Haus besucht hatte, hatte er alle möglichen Pläne geschmiedet, um mich bei ihm zu behalten. Jedes Mal, wenn Jeska mich zurück in mein kleines Häuschen bringen wollte, war es ein regelrechter Kampf mit Liam. Egal wie oft ich ihm auch versichert hatte, dass es mir gut ging und ich mich wohl dort fühlte, er wollte die Trennung von mir nie akzeptieren. Seit es ihm besser ging und er nun bei mir wohnte, ließ er mich fast keine Sekunde mehr aus den Augen. Und das war so verdammt anstrengend. Als wir nach unserem Ausflug zurück im Shelter waren, erklärten uns Alina und Jeska, dass heute Baku in einen anderen Schlafbereich umziehen würde. Und das bedeutete, dass wir ab morgen zu den anderen Hunden ziehen konnten. Von dem Moment an, in dem diese Worte über die Lippen der Mädchen gegangen waren, bestimmten Sorgen und Paranoia Liams Gedanken. Ich freute mich einfach nur tierisch darauf den ganzen Tag und sogar die Nacht mit den anderen Hunden verbringen zu können. Und das ohne, dass ein Zaun uns voneinander trennte. Ich hatte in den Stunden, die wir inzwischen fast täglich drüben verbrachten gute Freundschaften geschlossen. Klar konnte man nicht mit jedem Beste Freunde sein, auch wenn ich mir das sehr gewünscht hatte. Aber ich hatte auch keine wirklichen Feinde, außer Baku, der ja zum Glück heute vollständig umziehen würde. Außerdem hatte uns Emma erzählt, dass sich sein Benehmen in den letzten Wochen durch die Zeit bei den großen Hunden deutlich gebessert hatte. Er pöbelte kaum noch, respektierte die Älteren und die Menschen und zeigte auch nicht mehr ganz so starken Futterneid. Doch egal was Emma und ich auch sagten, Liams Paranoia bezüglich Baku war ungebrochen. „Was wenn er es irgendwie durch den Zaun schafft und einen von uns angreift? Hier hat er es doch auch schon versucht und beinahe geschafft!", war nur eine von vielen Fragen, die er mir im Sekundentakt stellte. Wenn er dann nicht grade Panik schob und solche Fragen stellte, versuchte er Pläne zu schmieden, um die Probleme, die er sich einbildete, abzuwenden. Er überlegte sogar den gesamten Umzug irgendwie zu verhindern. Ich gab mein Bestes ihn zu beruhigen und davon zu überzeugen, dass alles gut gehen würde. Doch ich hatte keine Chance. Irgendwann legte ich mich draußen so weit wie möglich von ihm weg und versuchte ein bisschen die Augen zuzukriegen, um morgen ausgeschlafen zu sein. So richtig funktionierte das aber leider nicht, da er mir immer wieder folgte. Erst als Emma an den Zaun kam und er so jemand anderes hatte, um auf ihn einzureden, fand ich ein wenig Ruhe. Emma versuchte währenddessen ebenfalls meinen großen Bruder mit allen Mitteln zu beruhigen. Doch auch sie schien ziemlich erfolglos dabei zu sein. Dann nickte ich weg und träumte von meiner Zukunft bei Alina zuhause. Als ich wieder aufwachte, hörte ich nicht mehr Liams aufgeregte Stimme, weshalb ich verwundert aufschaute. Verdutzt sah ich, dass auch er sich inzwischen hingelegt hatte und schlief. Hatte es Emma doch noch geschafft ihn irgendwie zu beruhigen? Noch etwas müde streckte ich meine Glieder und tapste dann zum Zaun, um nach unserer Ersatzmama Ausschau zu halten. Sie lag nicht weit vom Zaun entfernt mit dem Rücken zu mir und beobachtete die Teenies beim Spielen. „Emma", rief ich ihr so leise wie möglich zu, um meinen Bruder nicht zu wecken. Sie reagierte nicht. Ich wartete kurz ab, ob sie mich nicht doch gehört hatte, bevor ich ein weiteres Mal etwas lauter rief. Erst bei meinem dritten Ruf nahm sie mich wahr, stand auf und kam zu mir herüber. „Hey, Kleine, was ist denn?", fragte sie und lächelte mich sanft an. Ich deutete mit meinem Kopf auf Liam und fragte: „Wie hast du das denn geschafft?" Emma musste lachen, bevor sie antwortete: „Ach, weißt du Kleine. Ich habe eigentlich gar nichts geschafft. Ich habe nur zugehört und gewartet, bis er sich so sehr in Rage geredet hatte, dass er einfach einschlief vor Anstrengung." Ich schaute sie verblüfft an, aber ihre Worte ergaben Sinn. „Danke, dass du ihn von mir abgelenkt und statt mir seine Paranoia für eine Weile ertragen hast", sagte ich also. „Natürlich, für dich mache ich das gerne, süße Ilvy. Du weißt er liebt dich und macht sich nur Sorgen!", antwortete sie. „Ich weiß, aber es ist trotzdem echt anstrengend. Meinst du nicht er übertreibt es?", murmelte ich und schaute ihn trotzdem ein wenig grimmig an. Emma schaute ihn auch eine Weile an, bevor sie mir antwortete: „Weißt du, Ilvy. Ich glaube hier geht es gar nicht so sehr um den Umzug morgen, sondern vielmehr darum, dass Jeska und Alina euch getrennt adoptieren wollen!" „Ich weiß, er kommt nicht so gut damit klar, aber damals ist er nicht so sehr ausgerastet wie jetzt…!", rief ich. Das war wohl etwas laut, denn Liam grummelte und öffnete kurz die Augen. Ich war sofort still und er drehte sich dann zum Glück nur auf die andere Seite und schlief weiter. „Ja, ich denke tief im Inneren weiß er auch, dass es richtig so ist, aber das hindert ihn nicht daran Angst zu haben. Er hat versucht stark zu bleiben, für dich. Er weiß, wie sehr du dich darauf freust und dass du es leid bist, ihn andauernd um dich zu haben!" „So würde ich das jetzt aber nicht formulieren", unterbrach ich sie. „Nein, nein, du weißt, wie ich das meine. Er versteht, dass du deinen Freiraum brauchst und willst, aber es fällt ihm trotzdem schwer, das zu akzeptieren. Deswegen überkompensiert er jetzt gerade wegen dieser eher kleineren Sache mit dem Umzug morgen. Ich meine ihr seid ja eigentlich eh schon fast den ganzen Tag hier drüben, was macht da noch die Nacht. Ihr seid dann vielleicht nicht mehr durchgehend unter der Bewachung der Mädchen, aber das wart ihr auch schon vorher nicht mehr. Es war Liam nur nicht so klar wie jetzt. Außerdem seid ihr jetzt schon wirklich groß und könnt beide auf euch selbst aufpassen. Ihr werdet bei den Teenies schlafen, mit denen ihr inzwischen alle befreundet seid", erklärte Emma. Ich nickte, da ich verstand. Ich war dankbar, dass sie mir immer mit Rat und Tat zur Seite stand. Und plötzlich hatte auch ich ein bisschen Sorge darüber mit Alina zu gehen, denn das würde nicht nur bedeuten, dass Liam nicht mehr immer da war, sondern auch Emma. Als hätte die Hundeoma meine Gedanken gelesen, sagte sie: „Mach dir keine Sorgen! Wenn du groß bist, kannst du deine Probleme ganz allein lösen. Dann brauchst du meinen Rat nicht mehr. Glaub mir, du wirst ein ganz großartiges Leben bei Alina haben und Liam bei Jeska." Wieder nickte ich, ihre Worte hatten mich ein wenig beruhigt. „Leg dich noch ein bisschen schlafen, Kleines!", sagte Emma und ging dann. Ich tat wie mir geheißen und kuschelte mich an meinen großen Bruder. Emmas Worte hatten mich auf eine Idee gebracht, wie ich meinen großen Bruder vielleicht zur Vernunft bringen konnte.

Liam:
Meine Träume waren erstaunlich ruhig gewesen, obwohl mein Gemütszustand so aufgewühlt war. Ich wusste, dass Emma mir eigentlich nur so lange zugehört hatte, damit Ilvy ein bisschen Ruhe vor meinen Sorgen hatte. Weder sie, noch Ilvy, noch sonst irgendwer teilte meine Sorgen bezüglich der anstehenden Veränderungen. Und auch wenn es mir leidtat, wie sehr ich Ilvy damit belästigte, bereute ich nicht, dass ich diese Gefühle hatte. Zu Beginn hatte auch Emma noch versucht mir meine Sorgen auszureden, doch ich war so stur. Sie hatte keine Chance, also gab sie auf. Als ich aufwachte, lag meine kleine Schwester ganz nah an mich gekuschelt. Das verwunderte mich, denn ich hatte erwartet, dass sie sauer auf mich war oder zumindest sehr genervt. Ich bewegte mich nicht, bis auch sie ihre Äuglein wieder aufschlug. Ich lächelte sie an, als ihr müder Blick auf mich fiel. „Ich hatte erwartet, dass du dich so weit wie möglich von mir weg-

legst, Nummer 5!", sagte ich und schaute sie etwas verlegen von der Seite an. „Glaub nicht, dass das bedeutet, dass alles gut ist!", rief sie und stand auf, „ich weiß du machst dir Sorgen um mich, um uns. Aber Nummer 1 du übertreibst es!" Sie übernahm den alten Namen, also war es ernst. „Es tut mir leid, aber ich..." „Nichts aber", unterbrach sie mich und stapfte mit ihren kleinen süßen Pfoten auf, „ich bin noch nicht fertig, hör mir bitte zu. Ich habe eben mit Emma geredet und sie hat mich auf eine gute Idee gebracht. Die Tatsache, dass wir rüber zu den anderen Hunden ziehen werden, steht schon sehr lange fest und du hast nie so einen Aufruhr deswegen gemacht. Klar, hattest du Sorgen und Ängste und das ist auch gut so, aber nicht solche, die deinen Aufstand von heute rechtfertigen." Sie atmete einmal tief durch, bevor sie weitersprach: „Es geht nicht um den Umzug morgen zu den anderen Hunden. Und wenn du ehrlich zu dir selbst bist, dann weißt du das auch. Tatsächlich geht es bei deinem Ausraster um die Tatsache, dass uns Alina und Jeska adoptieren wollen und dass das unsere Trennung bedeutet. Als du noch bei Jeska im Haus warst und ich hier gewohnt habe, bist du schon nur sehr schwer damit klargekommen. Jeden Tag hast du versucht mich da zu behalten und das, obwohl ich dir immer wieder versicherte, dass alles gut ist und ich hier sicher sei. Du hast sogar versucht mich dazu zu zwingen dir zu helfen, obwohl du genau wusstest, dass ich sehr gerne hier wohnte, dass ich sehr gerne meinen Freiraum hatte, dass ich sehr gerne mit Emma und den anderen Hunden im Shelter Kontakt hatte. Ich weiß, du hast als Stärkster die Verantwortung für uns übernommen, als Mama in dieser einen Nacht einfach nicht zurückkam. Und ich weiß, du nimmst diese Verantwortung sehr ernst und es zerstört dich immer noch innerlich, was mit unseren Geschwistern passiert ist. Aber glaub mir, wenn ich dir sage, dass das alles nicht deine Schuld war. Du hast dein allerbestes gegeben und ich kann dir versichern, dass wenn Mama uns vom Himmel aus zusieht, sie unendlich stolz auf dich ist. Du warst selbst noch ein Welpe, nur wenige Minuten älter als wir. Es ist ein Wunder, dass du das überlebt hast und das du zusätzlich noch mich, eine deiner Geschwister retten konntest. Jeska, Alina, Jens, Maiko und all die anderen Menschen hier haben unser Leben gerettet, du solltest endlich anfangen ihnen wirklich zu vertrauen. Alina ist ein herzensguter Mensch, sie liebt mich über alles und ich liebe sie und ich wünsche mir nichts mehr, als mein Leben an ihrer Seite zu verbringen. Wir werden beide erwachsen und irgendwann wird es an der Zeit sein, dass jeder sein ganz eigenes Leben

lebt. Du wolltest immer eine Familie, ich habe gehört wie du mit Mama schon als kleiner Junge darüber gesprochen hast. Jetzt haben wir beide die
Chance darauf von zwei wundervollen Menschen
adoptiert zu werden, versau es uns nicht. Und dann
haben wir auch noch das unglaubliche Glück, dass
die beiden gute Freundinnen sind und dass wir uns
unser Leben lang immer wieder treffen können! Es
hätte auch ganz anders kommen können... Wir wären von einem dieser fremden Menschen, die regelmäßig herkommen, getrennt adoptiert worden
und hätten uns danach nie wiedergesehen. Ich
weiß, ich weiß, du machst dir trotzdem Sorgen um
mich, aber habe ich dir in den letzten Wochen nicht
genug bewiesen, dass ich auch sehr gut allein klar-
komme?" Ich war von ihrer Rede so baff, dass ich
erstmal kein einziges Wort herausbekam. Und auch
wenn ich es nicht unbedingt wahrhaben wollte, hatte sie vollkommen recht. „Ich will dich doch nur
beschützen, ich will doch nur dein Bestes!", versuchte ich zu sagen, wodurch mich ihr strafender
Blick traf. „Na, gut, du hast ja recht", sagte ich also
stattdessen, „vielleicht habe ich es jetzt ein bisschen
übertrieben. Ich will dich nur nicht auch noch verlieren. Du bist alles, was ich noch habe. Du hast
recht, nach Mamas Tod habe ich mit aller Macht
versucht ihren Platz einzunehmen, auch wenn ich

selbst kaum älter als ihr war. Ich habe doch nur versucht mein Bestes zu geben." „Das hast du, Nummer 1. Du hast alles in deiner Macht Stehende getan. Alles Schlimme, was geschehen ist, war nicht deine Schuld. Du hättest nichts davon verhindern können", sagte Ilvy noch einmal mit Nachdruck. Ich schmiegte meine Nase in ihr weiches Fell und flüsterte in ihr Ohr: „Danke!" Die Angst war immer noch in meinem Körper, die Sorgen beherrschten immer noch den Großteil meiner Gedanken. Aber nun hatte ich den Willen etwas dagegen zu tun, den Willen das Abenteuer zu wagen. Ich musste einfach nur Lernen meine Sorgen und meine Ängste zu beherrschen.

10

Meine Nacht war trotz allem sehr unruhig. Aber Ilvy blieb die ganze Zeit bei mir und weckte mich, wenn meine Träume zu schlimm wurden. Am nächsten Tag stand dann die erste der beiden großen Veränderungen an. Doch der Umzug war nicht ansatzweise so schlimm, wie ich ihn mir in meinen Träumen ausgemalt hatte. Und wenn ich ehrlich zu mir selbst war, war es tatsächlich kaum eine Veränderung. Schließlich waren wir in den vergangenen Wochen schon fast jeden Tag mehrere Stunden im Shelter bei den anderen Hunden gewesen. Nachdem Baku sich durch den Einfluss der großen Hunde deutlich gebessert hatte, hatten die Menschen mich auch den hinteren Bereich des vorderen Shelters erkunden lassen. Mila hatte mir alles gezeigt, insbesondere die Kennel, wo sie die Nacht verbrachten. So war der erste Teil des Umzugs am Morgen, eigentlich wie jeder andere Tag. Die Mädchen nahmen Ilvy und mich mit in den Shelter. Der einzige Unterschied bestand darin, dass es heute etwas früher als gewohnt geschah. Wie jeden Tag machte ich erst einmal mit Mila eine Runde durch den ganzen Bereich und schaute, ob sich über Nacht irgendetwas verändert hatte. Baku blaffte mich kurz durch den Zaun an, als wir diesem zu nah kamen, wurde aber direkt von Banjo zurechtgewiesen. Mittags machten wir unseren letzten Spaziergang gemeinsam mit Emma. Ab Morgen würden wir zusammen mit den anderen Teenies die Welt erkunden, da Emma so langsam nicht mehr mit uns mithalten konnte. Ich wollte noch einmal die Ruhe genießen, die wir mit Emma hatten, doch Ilvy machte mir da einen Strich durch die Rechnung. Sie war so voller Freude, dass sie die ganze Zeit nur spielen wollte. Ich fragte mich wirklich, wo sie diese ganze Energie hernahm. Sie hatte schon den halben Morgen mit den anderen Hunden gespielt und ein riesiges Loch gegraben. Irgendwann erbarmte sich Jeska ihrer und warf ihr kleine Tannenzapfen, die sie voller Freude apportierte. Ich legte mich zu Emma und schaute den beiden beim Spielen zu. Im Gegensatz zu den meisten anderen Hunden hatte ich nie ein Interesse fürs Apportieren entwickelt. Warum sollte ich irgendwas hinterherjagen, dem Menschen zurückbringen, nur damit der es dann wieder wegwerfen konnte. Ilvy hatte sich das schnell von den anderen Hunden abgeschaut und hatte schrecklich Spaß daran. Und ich verurteilte sie nicht dafür, auch wenn ich es vielleicht nicht nachvollziehen konnte. Plötzlich sagte Emma: „Wie hat Ilvy das geschafft?" Ich schaute sie verwirrt an und überlegte, was sie wohl meinte. Ich wollte gerade irgendetwas bezüglich des Apportierens antworten, als Emma fortfuhr: „Wie ich sehe, bist du heute sehr viel ruhiger als gestern und du hast noch keinen Versuch unternommen den Umzug zu verhindern. Ich bezweifle, dass du dich einfach beruhigt hast oder von selbst eingesehen hast, dass alles gut ist. Wir haben doch gestern beide stundenlang auf dich eingeredet und nichts hat etwas bewirkt. Also wie hat Ilvy dich zu Vernunft gebracht?" „Sie hat mir eine ordentliche Standpauke gehalten und mich gleichzeitig mit ihren Worten wiederaufgebaut. Sie hat mich daran erinnert, dass Mama stolz auf mich, nein auf uns, wäre", flüsterte ich kleinlaut. „Du hast nie viel über deine Mutter oder die Zeit, bevor du hierherkamst, geredet. Ich habe auch nie nachgehakt, weil ich gehofft hatte, dass du irgendwann von selbst auf mich zukommst. Und das, obwohl ich Ilvys Seite der Geschichte kenne und mir so ausmalen kann, was du alles durchgemacht hast!", antwortete Emma und schaute mich mit ihrem mütterlichen Blick sanft an. Und plötzlich konnte ich nicht mehr anders, als mir alles von der Seele zu reden. Ich hatte vorher nie jemandem gehabt, mit dem ich reden konnte. Ilvy war nicht groß genug dafür und außerdem war sie einfach zu nah dran. Und irgendwie hatte ich einfach nicht wahrgenommen, dass Emma genau die richtige dafür war. Ich erzählte ihr die ganze Geschichte, von Anfang bis Ende. Ich startete im Prinzip von dem Moment, wo ich auf die Welt geplumpst war. Emma hörte mir einfach nur zu. Sie sagte nichts, sondern nickte nur gelegentlich ermunternd. In den besonders schlimmen Teilen der Geschichte, legte sie mir ihre Pfote auf die Schulter, was unglaublich beruhigend für mich war. Es tat so gut, mir endlich mal alles von der Seele zu reden. Ich hatte nicht gewusst, wie sehr mich das alles immer noch belastete und wie sehr ich jemanden zum Reden gebraucht hatte. Zwischendurch musste ich unterbrechen, wenn Ilvy zu uns gestürmt kam, weil ich nicht wollte, dass sie mithörte. Nach einer Weile kippte die Kleine vor Müdigkeit fast um, sodass Jeska sie auf dem Rück-weg trug. So konnte ich meine Geschichte auf dem Rückweg problemlos zu Ende erzählen. Ich endete kurz vor dem Türchen zum Shelter mit: „Ilvy hat mir gestern gesagt, ich hätte mein allerbestes gege-ben und das Mama stolz auf mich wäre. Ich versu-che ihr zu glauben, aber es fällt mir schwer zu ak-zeptieren, dass ich nichts hätte tun können, um meine anderen Geschwister zu retten!" „Sie hat aber recht, Liam. Du hast unglaubliches geleistet dort draußen auf der Straße. Viele erwachsene Hunde überleben nicht so lange und sie schaffen es schon

188

gar nicht dabei noch andere zu retten. Alles was du getan hast, war notwendig, um so viele wie nur irgendwie möglich zu retten. Glaub mir, wenn ich dir sage, dass deine Mutter mehr als stolz auf dich wäre. Du hast so unglaublich viel durchgemacht und jetzt verstehe ich auch endlich deine andauernde Sorge etwas besser. Aber vergiss nicht! Du bist jetzt in Sicherheit. Und deine kleine Schwester auch. Und das habt ihr nur deinem Mut und deiner Kraft zu verdanken. Du bist ein Held, kleiner Liam!", antwortete Emma und plötzlich konnte ich diese Tatsache akzeptieren. Jeska hob mich hoch und die ganzen Sorgen und Ängste, die mich mein Leben lang geplagt hatte, waren weg. Als wären sie eine zweite Haut gewesen, die ich nun am Boden zurückgelassen hatte. Fröhlich und ausgelassen spielte ich den Rest des Tages mit jedem, der meine Spielaufforderung akzeptierte. Ich ignorierte Bakus böse Blicke durch den Zaun, hatte ein wunderbares Gespräch mit Taji, der Chefin im Shelter und fiel abends wie ein Stein in mein neues Bett. Ich verfiel sofort in eine Art Schlafkoma und hatte das erste Mal seit Ewigkeiten keinen schlechten Traum. Stattdessen träumte ich von einer schönen Blumenwiese, jagte Schmetterlingen hinterher und begegnete dort meiner Mutter. Sie trat wie von einem leuchtenden Schein umgeben auf mich zu und lächelte mich sanft an. „Hallo, Nummer 1", sagte sie. Ich schaute sie erst einmal vollkommen verdutzt an, bevor ich freudig in ihre Arme sprang. Eine Weile lagen wir einfach nur da und ich genoss die Zeit. Plötzlich stand sie wieder auf und sagte: „Es war so schön dich zu sehen, mein Kind, aber die Zeit ist vorbei, ich muss wieder gehen." „Was, nein Mama. Du kannst nicht gehen. Ich brauche dich doch!", rief ich verzweifelt und rannte ihr hinterher. Sie drehte sich um und sah mich mit diesem allessagenden Blick an: „Ach mein großer, starker Junge! Ich bin so unglaublich stolz auf dich. Du hast das, wovon ich mein Leben lang geträumt habe, eine Menschen-familie, wo du beschützt und geliebt wirst und dir um nichts auf der Welt Sorgen machen musst. Und das Beste, du hast das auch für deine kleine Schwes-ter ermöglicht. Mach dir keine Sorgen um mich und deine anderen Geschwister, uns geht es gut. Wir sind immer bei Nummer 5 und dir und geben auf euch acht. Mach dir keine Sorgen. Und vergiss nie-mals, dass ich dich über alles liebhabe!", sagte sie. Sie gab mir einen Kuss auf die Stirn und ich schmiegte meinen Kopf in ihr seidenweiches Fell. Ich wollte zwar immer noch nicht, dass sie mich wieder verließ, schließlich hatte ich sie doch gerade erst wiederbekommen. Aber ich akzeptierte, dass es nicht anders ging und schaute ihr traurig, aber mit neuer Kraft hinterher.

Ilvy:

Die nächsten Tage vergingen wie im Flug. Mein großer Bruder war plötzlich wie ausgewechselt. Er war zwar immer noch eher ein kleiner Einzelgänger und hing hauptsächlich mit Mila herum, aber ich stand nicht mehr ständig unter seiner Beobachtung. Er war immer gut gelaunt und machte nicht mehr andauernd Kontrollgänge. Er öffnete sich auch für die anderen Hunde und versuchte sich mit ihnen anzufreunden. Sein Charakter war nicht für jeden etwas, weshalb es ihm nicht unbedingt leicht viel, aber wenigstens versuchte er es. Wenn irgendeine Veränderung anstand, musste er immer noch erstmal schwer schlucken, aber dann ging er dem Neuen mit offenen Armen entgegen. Wenn ich irgendwas plante, was er als riskant empfand, sagte er mir das immer noch klar und deutlich, aber er versuchte mir mit aller Kraft zu vertrauen. Ich war stolz auf ihn, denn ich hatte das Gefühl, er hatte endlich begonnen sein Leben zu leben. Schon einige Tage nach unserem Umzug verkündeten uns Alina und Jeska freudestrahlend, dass mit unseren Blutwerten alles in Ordnung war. Das bedeutete, dass unserem neuen Leben mit den Mädchen nichts mehr im Weg stand. Ich war überglücklich und auch Liam schien sich endlich richtig darüber zu freuen. Nachdem die Mädchen es uns gesagt hatten, musste ich es sofort all meinen Freunden erzählen. Ein paar waren sehr neidisch, aber eigentlich freuten sie sich alle für mich, beziehungsweise für uns. Jetzt waren es also nur noch zweieinhalb Monate, bis wir in unser großartiges neues Leben mit unseren eigenen kleinen Familien starteten. Wir gingen inzwischen auf die Spaziergänge mit Mila und ihren Geschwistern. Meistens waren wir 5 oder 6 Hunde auf einmal. Mila war eigentlich immer dabei, was Liam sehr glücklich machte. Ich glaube der Abschied von ihr würde ihm sehr schwerfallen. Ich fand sie sehr nett, konnte aber nicht wirklich viel mit ihr anfangen. Ich hatte mich sehr gut mit Oslo und London angefreundet. Die beiden waren mindestens genauso quirlig wie ich und ich konnte mit ihnen immer großen Spaß haben. Gelegentlich vermisste ich dann aber irgendwie doch die Ruhe, die wir mit Emma auf den Spaziergängen genossen hatten. Wir jagten uns durch den Mais, auf den kleinen Wegen zwischen den Bäumen, stahlen uns gegenseitig die Stöckchen oder verscheuchten ein paar Affen. London zeigte mir wir köstlich die Scheiße von den Affen war, weswegen wir großen Ärger von den Menschen bekamen, die das nämlich gar nicht cool fanden. Inzwischen bekamen wir auch, wie die anderen, nur noch dreimal am Tag Futter und wenn es endlich so weit war, knurrte mein Magen immer schon ganz witzig. Liam hatte sich schneller an die längeren Abstände zwischen den Mahlzeiten gewöhnt. Zumindest knurrte sein Magen nicht so schnell wie meiner. Dabei bekamen wir derzeit immer noch dreimal am Tag. Emma und die anderen großen Hunde bekamen alle nur morgens und abends. Wie sollte ich das dann bloß irgendwann überleben. Bei dem Gedanken musste ich lachen. Alina steckte mir jetzt schon immer mal wieder ein paar Leckereien zu, deswegen bezweifelte ich stark, dass ich bei ihr später mal verhungern würde. Ganz besonders freute ich mich immer auf die Trainingseinheiten. Schon vor unserem Umzug hatten die Mädchen gelegentlich kleine Tricks mit uns eingeübt. Inzwischen konnte ich schon Sitz, Platz und Pfötchen. Ich war ziemlich schnell im Lernen und begriff schnell was Alina von mir wollte. Liam fiel es gelegentlich nicht ganz so leicht. Ich versuchte ihm immer wieder zwischen den Trainingseinheiten zu helfen, indem ich ihm erklärte, was Jeska mit den Worten von ihm wollte. Doch ganz so leicht war das nicht. Vor allem als es dann komplizierter wurde. Heute wollte Alina mir einen neuen Trick beibringen. Sie hatte es versprochen. Doch irgendwie war sie die ganze Zeit mit irgendetwas anderem beschäftigt. Erst spät am Tag schnappte sie mich, ging mit mir in einen Kennel und schloss die Tür. So konnten die anderen verfressenen Hunde uns nicht dazwischenfunken. Im Nachbarkennel machte Markus, einer der Menschen, die uns damals gerettet hatten, Leinentraining mit Jacky. Jacky war eine extrem ängstliche, braunschwarzgestromerte Hündin. Sie ließ sich von den Menschen nicht anfassen und konnte so auch auf keinen Spaziergang gehen. Ich hatte am Anfang mal versucht mit ihr zu sprechen, doch auch gegenüber anderen Hunden war sie sehr verschlossen und so hatten meine Versuche zu nichts geführt. Ich hätte gerne gewusst, was ihr solche Angst machte, damit ich ihr vielleicht hätte helfen können. Stattdessen hatten mit der Zeit die Menschen versucht sich ihr zu nähern. Sie schnuffelte inzwischen gelegentlich an ihren Händen und in ganz seltenen Fällen, ließ sie sich sogar mal von den Menschen berühren. Beim Leinentraining sollte ihr nun auch die Angst vor den Leinen und Halsbändern genommen werden. Markus hatte mehrere unterschiedliche Leinen auf dem Boden ausgebreitet und Jacky durfte sie nun in Ruhe untersuchen. Jede Form der Annäherung wurde mit einer Leckerei belohnt. Aber zurück zu meinem Training. Auch Alina hatte wieder einen wunderbar duftenden Beutel am Hosenbund befestigt. „Hast du schon eine Idee, was wir heute üben wollen?", fragte sie mich. Ich schaute neugierig, aber mir viel beim besten Willen nichts ein. „Na gut, aber bevor wir zu den schweren Dingen übergehen, üben wir erst noch mal die Kommandos, die du schon kannst!", sagte sie und fragte mich dann Sitz, Platz und Pfote ab. Dann holte sie von drinnen eine Decke und breitete sie auf dem erdigen Boden aus. „Heute werden wir versuchen Rolle neu einzuüben. Damit du dabei nicht ganz so dreckig wirst und es auch etwas bequemer ist, legen wir wohl besser eine Decke unter." Auf der Decke musste ich nun Sitz und dann Platz machen. Dann führte sie das Leckerli an meine Schulter. Ich folgte ihrer Hand mit der Nase und kippte dabei auf meine Seite. Alina lobte mich und ich bekam das Leckerli. Wir wiederholten das einige Male, bevor es weiterging. Wenn ich auf der Seite lag, führte sie ihre Hand weiter und schob mit der anderen Hand meine Pfoten sanft in die Luft, sodass ich über den Rücken auf meine andere Seite rollte. Auch hierfür wurde ich wieder überschwänglich gelobt, wir wiederholten die Prozedur einige Male und Alina sagte dabei immer das Kommando `Rolle´. Der letzte Schritt war dann von der Seitenlage zurück ins Platz, sodass ich vom Platz, einmal komplett über meinen Rücken wieder zurück ins Platz rollte. Wir übten das noch einige Male und wiederholten dabei auch die anderen Tricks. Dann beendete Alina die Trainingseinheit mit „Ende". Auch wenn ich es nicht unbedingt gerne akzeptierte, hatte ich schnell verstanden, dass das dann wirklich bedeutete, dass wir aufhörten. Am nächsten Tag ging das Training natürlich weiter und wie jeden Tag freute ich mich wie eine Schneekönigin darauf. Die Mädchen begannen nun auch gelegentlich Einzelrunden mit uns zu gehen, wo wir ganz besonders brav sein mussten und eher weniger spannende Kommandos wie `Fuß´ und `Hier´ lernen mussten. Darin war Liam der König, er hörte immer genau aufs Wort. Mir viel es draußen schon sehr viel schwerer, all den interessanten Gerüchen, Geräuschen und Eindrücken zu widerstehen und mich ganz auf Alina zu konzentrieren. Manchmal wollte ich einfach noch nicht zurückkommen, wenn sie mich rief. Und genauso wollte ich manchmal unbedingt zu etwas hin, auch wenn ich eigentlich im `Fuß´ gehen sollte! Aber wie alles andere, musste ich auch das Lernen.

Emma:
Liam und Ilvy machten sich prächtig. Nachdem Liam sich mir endlich geöffnet hatte, hatte er sich unglaublich verändert. Und das definitiv zum Posi-

tiven. Er strahlte richtig, war kein Kontrollfreak mehr und begann sein Leben zu genießen. Es war als habe er jetzt erst wirklich verstanden, dass er nicht mehr allein kämpfen musste. Nein, eigentlich das er gar nicht mehr kämpfen musste, weil er nicht mehr auf der Straße, sondern in Sicherheit war. Auch Ilvys Charakter entwickelte sich positiv, jetzt wo sie nicht mehr unter der dauerhaften Kontrolle ihres großen Bruders stand. Sie war immer noch recht risikofreudig, aber sie lernte schnell und hatte nun endlich die Chance selbst Verantwortung zu übernehmen. Die Zeit verging schrecklich schnell und der Tag kam immer näher, an dem ich von ihnen Abschied nehmen müssen würde. Ich hatte mich eigentlich damit abgefunden, dass ich vermutlich den Rest meines Lebens in diesem Shelter verbringen würde. Doch ohne meine beiden Wirbelwinde um mich herum, würde mir das deutlich schwerer fallen. Versteht mich nicht falsch, ich finde es ganz wunderbar hier. Die Menschen sind alle liebevoll und fürsorglich und ich muss mir um nichts mehr Sorgen machen. Doch auch ich hatte den Traum einer Familie. Auch ich habe mir mein Leben lang gewünscht einmal von ein paar liebevollen Menschen adoptiert zu werden. Doch ich war schon alt und groß. Die Menschen, die hierherkamen, um einen Hund zu adoptieren, wollten lieber

Welpen. Junge, agile Hunde, die ihr Haus und ihren Hof beschützen konnten. Ich würde hierbleiben und als Shelter-Mami immer neue Welpengruppen großziehen und sie auf ihr neues Leben vorbereiten. Doch es kam anders, als ich es erwartet hatte. An einem warmen, sonnigen Tag, gerade mal zwei Wochen bevor Liam und Ilvy ihre Reise mit Jeska und Alina in ihr neues Zuhause antreten würden, passierte etwas, womit ich nicht gerechnet hatte. Eine ältere Frau kam mit ihrem Sohn in den Shelter, der einen Hund für sich suchte. Sie setzte sich auf eine Bank, während ihr Sohn sich die Welpen anschaute. Ich lag genau neben der Bank und schaute sie aufmerksam an. Und sie schaute mich an. Ich setzte mich auf und ihre Hand strich über meinen Kopf. Sie sagte dabei nichts, sondern streichelte einfach nur weiter meinen Kopf, während sie dabei ihren Sohn beobachtete. Er hatte sich schnell für einen Hund entschieden. Als ich sah, dass er Oslo gewählt hatte, schaute ich sorgsam zu Ilvy, denn ich wusste, wie nah sie Oslo stand. „Eine schöne Wahl", sagte die Dame, deren Hand immer noch auf meinem Kopf ruhte. „Finde ich auch", sagte ihr Sohn, „können wir jetzt gehen?" Sie nickte und stand auf. Und aus irgendeinem Grund tat ich das auch und begleitete sie zur Tür. Traurig schaute ich ihr hinterher, denn sie war der erste Mensch von außerhalb, der sich für mich interessiert hatte. Und dann blieb sie stehen und sagte zu Jens: „Stopp. Sagen sie mir, wie alt ist diese Hündin?" „Das können wir nicht genau sagen, Miss Dunley, sie kam erst recht spät zu uns, aber wir schätzen sie auf 8 Jahre", antwortete Jens ihr. „Es ist bestimmt schwer für Hunde in dem Alter adoptiert zu werden, oder? Sagen sie, glauben sie das sie nochmal eine Familie haben wird, dass sie diesen Shelter je noch einmal verlässt?", fragte die Dame nun. „Ich gebe die Hoffnung nie ganz auf, dass alle unsere Hunde irgendwann mal ein liebevolles Zuhause finden werden, aber sie haben recht. In diesem Alter ist die Wahrscheinlichkeit leider sehr gering", erklärte ihr Jens. Die Dame schaute mich durch den Zaun mit ihren fürsorglichen Augen an und sagte: „Dann möchte ich ihr diese Chance geben!" „Aber, Mutter!", rief ihr Sohn, „du wolltest doch gar keinen Hund." „Das habe ich nie gesagt, Christian. Und ich kann sie einfach nicht hierlassen, sie hat es irgendwie geschafft sich in mein Herz zu schleichen!" Ich konnte meinen Ohren nicht trauen. Redete die Frau wirklich von mir? War das Unmögliche wirklich wahr geworden. „Bedeutet das, das du gehst?", vernahm ich plötzlich eine zarte Stimme hinter mir und ich drehte mich um. Ilvy stand dort und neben ihr Liam. Sie schaute mich mit unendlich traurigen

Augen an. „Ich glaube schon...", antwortete ich ihr vorsichtig. „Aber...", begann sie und wurde von Liam unterbrochen. „Nummer 5!", sprach er sie mit ihrem alten Namen an, „du musst Emma gehen lassen. Sie hat genauso wie wir ein richtiges Zuhause mit einer großartigen Familie verdient. Und das ist vielleicht ihre einzige Chance." „Aber ich will nicht, das sie geht. Ich brauche sie doch. Sie ist doch wie eine Mutter für mich. Ich brauche ihren Ratschlag, wenn ich nicht weiter weiß. Ich brauche ihre Hilfe, wenn ich mal wieder tollpatschig bin!", rief Ilvy und war den Tränen nah. Liam wollte gerade wieder ansetzen etwas zu sagen, doch ich gab ihm zu verstehen, dass ich das regeln wollte. „Meine kleine süße Ilvy. Eigentlich müsste ich dich Große nenne, denn du bist inzwischen definitiv ein großes Mädchen geworden. Ich habe dich über alles lieb und auch du bist für mich wie eine Tochter geworden. Aber glaub mir, wenn ich dir sage, dass du mich ganz und gar nicht mehr brauchst. Du bist in den letzten Wochen so erwachsen geworden und auch wenn es dir vielleicht nicht bewusst ist, aber die meisten deiner Probleme löst du inzwischen ganz allein. Du und dein Bruder werdet in genau zwei Wochen mit Jeska und Alina nach Hause gehen und dann hätten wir sowieso Abschied nehmen müssen. Weine nicht, weil ich jetzt ein paar Tage früher gehe, sondern freu dich auf die Zukunft", erklärte ich ihr in meinem gewohnten mütterlich-sanftem Ton. „Ich freue mich doch für dich, wirklich! Aber ich bin noch nicht bereit dich jetzt einfach gehen zu lassen! Ich kann mich doch nicht einmal richtig von dir verabschieden!", rief Ilvy inzwischen weinend. „Komm her, meine kleine Große", sagte ich und nahm sie fest in den Arm, „ich werde immer bei dir sein, in deinem Herzen. Genauso wie deine Mutter." Ilvy löste sich wieder von mir und nickte. „Okay", sagte sie und versuchte zu lächeln. Ich verabschiedete mich auch von Liam und nickte den anderen Hunden, die das Geschehen gespannt beobachteten, zum Abschied freundlich zu. Dann klippte Jens eine Leine an mein Halsband und führte mich durch das Tor hinaus. Während ich ging, schaute ich die ganze Zeit zu Ilvy. Und bevor ich sie nicht mehr sehen konnte, stemmte ich noch einmal die Beine in den Boden und rief ihr zu: „Ich habe euch lieb und ich wünsche euch alles Glück der Welt! Passt auf euch auf!" „Ich habe dich auch lieb! Liam hat recht! Wenn jemand ein richtiges Zuhause verdient hat, dann bist das du! Ich wünsche dir, dass es perfekt ist und du den Rest deines Lebens genießen kannst!", rief Ilvy zurück. Und mit einem dankbaren Lächeln folgte ich meinem neuen Frauchen in mein neues Leben. Und glaubt mir, wenn ich euch sage, dass ich es nicht besser hätte treffen können!

11

Liam:

Die nächsten paar Tage waren nicht leicht. Ilvy hatte zum zweiten Mal eine Mutter verloren und zusätzlich noch einen wichtigen Freund und das zur selben Zeit. Sie spielte sehr viel weniger, saß oft allein irgendwo und beobachtete die anderen. Ich machte mir ernsthaft Sorgen. Ich hatte Angst, dass sie ihr lebhaftes Temperament verloren hatte. 3 Tage, nachdem Emma und Oslo uns verlassen hatten, wollte ich gerade zu ihr gehen und sie zu Rede stellen, da sah ich, dass dies schon jemand anderes getan hatte. Taji, die Chefin hier im Shelter, lag neben ihr und beobachtete mit ihr gemeinsam die anderen Hunde beim Spielen. Verwundert schaute ich die beiden an, denn sie hatten nie eine sehr gute Beziehung gehabt. Nachdem Ilvy das eine Mal im Spiel in Taji reingerempelt war, hatte Taji sie im Auge gehabt und sie für Fehltritte gerügt. Doch jetzt hatte sie Ilvy gegenüber irgendwie etwas fürsorgliches an sich. Statt also Ilvy zur Rede zu stellen, zog ich mich wieder zurück und beobachtete die beiden aus sicherer Entfernung. Ich konnte nicht hören, was sie sagten, aber ich konnte sehen, wie sich Ilvys Körperhaltung veränderte. Anfangs hatte sie nur dagesessen, doch inzwischen hörte sie aufmerksam zu. Ich machte mir ein bisschen Sorgen, da ich nicht wusste, was Taji da zu ihr sagte und ob das wirklich ein freundliches Gespräch war. Ich glaubte nicht, dass Taji etwas Böses tun würde, selbst wenn sie Ilvy nicht gerade gernhatte. Taji war zwar streng und bestimmend, aber ich schätzte sie trotzdem als einen herzensguten Hund ein. Deswegen hielt ich mich weiter zurück. Erst nachdem Taji weg war, näherte ich mich Ilvy und setzte mich neben sie. „Hey, kleine Schwester. Wie geht es dir?", fragte ich. „Besser!", sagte sie und warf mir ein immer noch scheues, aber trotzdem kraftvolles Lächeln zu. „Das freut mich. Ich habe gesehen, dass Taji bei dir war. Ich dachte ihr beide mögt euch nicht. Was wollte sie denn von dir?", fragte ich vorsichtig. „Das dachte ich auch immer. Aber sie war total lieb zu mir. Eigentlich hat sie mir nur eine Geschichte erzählt. Aber das hat mir wirklich geholfen. Sie hat nämlich nicht versucht, wie alle anderen auf mich einzureden, mir meine Trauer auszureden. Ich vermisse Emma und Oslo immer noch und ich werde Emma vermutlich genauso wie Mama mein Leben lang vermissen, aber ich lasse jetzt nicht mehr mein Leben davon bestimmen. Ich weiß, dass du dir Sorgen um mich machst. Ich habe vorhin gesehen, dass du zu mir wolltest, als ich mit Taji geredet habe.

Danke, dass du nicht eingeschritten bist. Und danke, dass du mir nicht wie viele andere eine Standpauke gehalten hast!", sagte sie. Dann stand sie auf, ging zu London und Kairo und fragte, ob sie mitspielen durfte. Zuerst wirkten die beiden etwas verwirrt und überfordert. Sie schauten zu mir und ich nickte ihnen einfach nur zu. Also sagten sie ja und zum ersten Mal seit 3 Tagen sah ich Ilvy wieder lächeln. Aber nach ihren Worten schämte ich mich ein wenig. Sie hatte mir gerade dafür gedankt, dass ich ihr keine Standpauke gehalten habe, dabei hatte ich genau das vorgehabt. Ich war froh, dass ich es nicht getan hatte und es Ilvy jetzt besser ging. Aber es fühlte sich falsch und heuchlerisch an, von ihr dafür gelobt zu werden.

Ilvy:
Nachdem Emma und Oslo gegangen waren, hatte ich wirklich mit mir zu kämpfen gehabt. Ich hatte nicht gewusst, wie ich damit umgehen sollte, aber dann kam Taji. Sie half mir auf eine Weise, von der ich nicht geahnt hatte, dass ich sie genau so brauchte. Liam hatte recht gehabt, eigentlich mochten wir uns nicht sehr. Ich hatte nie wirklich etwas gegen sie gehabt. Aber ich hatte auch nie verstanden, warum sie mich nach dem Versehen damals, so auf dem Kieker gehabt hatte. Und ich hatte ihr Verhal-

ten schon gar nicht gutgeheißen. Deswegen hatte ich mich auch sehr gewundert, als sie zu mir gekommen war und mich ansprach. Erst dachte ich sie wolle mich schon wieder wegen irgendetwas rügen, obwohl ich die vergangenen Tage ja nun wirklich nichts angestellt hatte. Doch dann erzählte sie mir einfach nur eine Geschichte. Ich erzählte sie niemanden, auch wenn mein Bruder mehrere Male darauf drängte, aber sie hatte alles verändert. Ich war immer noch traurig und ich vermisste die beiden auch noch immer schrecklich. Aber ich versuchte nun im Hier und Jetzt zu leben und an die Zukunft zu denken. Zum Glück hatte Alina nichts von meiner deprimierten Phase mitbekommen, denn sie war die letzten drei Tage nicht da gewesen. Das hatte zwar auch nicht gerade zu meiner Laune beigetragen, aber immerhin musste ich mir so keine Sorgen machen, dass sie mich plötzlich nicht mehr wollte. Am Abend erzählte uns Jeska dann, dass Alina am nächsten Tag wiederkommen und das sie etwas ganz Besonderes mitbringen würde. Ich war so aufgeregt, dass ich kaum einschlafen konnte und mich die ganze Zeit hin und her wälzte. Nachdem mich die anderen zum wiederholten Male genervt anbrummten, wechselte ich mein Schlaflager und schaffte es dann doch irgendwann einzuschlafen. Es war eine traumlose Nacht und ich wachte am nächsten Morgen ziemlich gerädert auf. Ich tapste nach draußen und entdeckte Maiko, der gerade ankam. So früh war ich lange nicht mehr wach gewesen und da alle anderen noch schliefen, wusste ich nichts mit mir anzufangen. Es würde noch eine Weile dauern, bis Maiko uns das Frühstück brachte und wir dann in den Außenbereich konnten. Also ging ich erst noch einmal nach drinnen und schaute, ob irgendjemand Anstalten machte aufzustehen. Mein Bruder schlief wie immer noch tief und fest und gab gelegentlich ein leichtes Schnarchgeräusch von sich. Alle anderen waren leider auch noch in ihren Träumen versunken und ich traute mich nicht jemanden aufzuwecken. Bei Oslo war das kein Problem gewesen, wir waren beide Frühaufsteher und hatten uns immer gegenseitig morgens geweckt, wenn einem langweilig war. Doch Oslo war nicht mehr hier. Schnell schob ich den Gedanken wieder beiseite, bevor mich die Traurigkeit übermannte. Stattdessen fiel mir die Überraschung wieder ein, die heute auf uns wartete. Was das wohl sein konnte? Ich machte mir alle möglichen Gedanken und ließ meiner Fantasie freien Lauf. So schlug ich die Zeit tot, bis die ersten Hunde die Beine reckten und ich endlich jemanden zum Spielen hatte. Kurz danach kam dann auch schon das Frühstück und wir konnten endlich nach draußen. Die anderen Hunde waren nur kurz verwirrt, dass ich wieder mitspielen wollte, danach war alles wieder beim Alten. Beim Herumtoben stolperte ich ausgerechnet heute mal wieder gegen Taji. Ängstlich zog ich im ersten Moment wie gewohnt den Kopf ein, doch sie warf mir nur einen kurzen tadelnden Blick zu. Dann lächelte sie und flüsterte: „Ich freue mich, dich wieder glücklich zu sehen. Pass aber trotzdem beim Spielen besser auf!" Mein Körper entspannte sich wieder und ich musste ebenfalls lächeln. Dann lief ich zurück zu den anderen, die mich augenblicklich mit Fragen löcherten, warum Taji denn nicht Böse geworden war. Ich versuchte den Fragen weitestgehend auszuweichen, denn ich wollte einfach nicht darüber reden. Stattdessen versuchte ich mit erneuten Spielattacken die anderen von diesem Thema abzulenken, was auch wunderbar funktionierte. Immer wieder wanderte mein Blick zu Jeska, doch die Überraschung schien noch zu dauern, denn sie beschäftigte sich nur mit den anderen Hunden. Die anderen Freiwilligen waren inzwischen eingetroffen, aber unter ihnen war leider keine Alina. Ich klinkte mich aus dem Spiel aus und ging hinüber zu Mila und meinem Bruder. „Kann ich mir Liam mal kurz ausborgen, ich müsste etwas mit ihm besprechen?", sagte ich. „Klar!", meinte Mila und Liam folgte mir in eine ruhige Ecke. „Was ist denn, Schwesterchen?", fragte Liam und schaute mich ganz leicht genervt an. „Jetzt schau nicht so", murmelte ich und knuffte ihn in die Seite, „erinnerst du dich denn nicht daran, dass Jeska uns gestern eine Überraschung angekündigt hat. Alina sollte etwas von ihrem Ausflug mitbringen, aber die anderen Freiwilligen sind schon hier und Alina ist nicht dabei." „Ja und", sagte Liam und versuchte etwas weniger genervt zu schauen. „Jetzt siehst du aus, als müsstest du mal groß", sagte ich lachend, wodurch ich mir wieder einen genervten Blick einheimste. Doch das war es definitiv wert. „Egal, zurück zum Thema", sagte ich lachend, „Wo ist Alina? Und was ist das für eine Überraschung? Bist du denn gar nicht aufgeregt? Ich konnte die ganze Nacht nicht schlafen vor Aufregung..." „Klar bin ich gespannt, was es sein könnte, aber ich bin auf jeden Fall nicht so durchgeknallt wie du", sagte er und musste jetzt auch lachen. Verärgert knuffte ich ihn wieder in die Seite und ging zurück zu meinen Freunden spielen. Erst am Mittag kam Alina endlich und begrüßte mich erst einmal. Freudig sprang ich ihr in die Arme und suchte dann neugierig an ihr nach der versprochenen Überraschung. Als ich gerade versuchte ihre Taschen zu überprüfen, zog sie lachend meine Nase wieder heraus und rief: „Hey kleine Maus, was wird das denn hier?" Jeska gesellte sich zu uns und meinte ebenfalls lachend zu Alina: „Ich habe ihr erzählt, dass du heute eine Überraschung mitbringen wirst. Womöglich hat sie das verstanden und ist nun auf der Suche danach!" „Oh, meine kleine Ilvy-Maus, da muss ich dich aber leider enttäuschen", sagte Alina daraufhin, „die Überraschung habe ich gerade gar nicht bei mir. Tatsächlich ist sie sogar viel zu groß für meine Taschen!" Vollkommen verwirrt schaute ich sie an und versuchte aus ihrem Blick abzulesen, was es denn sein könnte. „Keine Angst, wir spannen euch nicht mehr zu lange auf die Folter", sagte nun Jeska, „nach dem Mittagessen wird das große Geheimnis gelüftet!" „Wo wir gerade davon sprechen, so langsam ist es Zeit zum Essen, oder?", meinte Alina mit einem Blick auf die Uhr. Jeska nickte und ging zu den anderen Freiwilligen, die gerade von einem Spaziergang zurückkamen, um es ihnen zu sagen. Alina verabschiedete sich von mir und setzte mich dann auf den Boden. Nur widerwillig ließ ich sie gehen. Die nächste halbe Stunde war die Aufregung für mich unerträglich. Ich tigerte die ganze Zeit im Shelter auf und ab und ging damit den anderen Hunden, die alle Mittagsschlaf hielten, ordentlich auf die Nerven. Auch Liam hatte sich zum Schlafen hingelegt und ich fragte mich wirklich, wie er sich so entspannen konnte. Natürlich freute ich mich, dass mein großer Bruder nicht mehr bei jeder Kleinigkeit vor Sorge an die Decke ging, aber ein bisschen mehr Anteilnahme hatte ich mir dann doch erhofft. Es fühlte sich an wie Stunden, bis die Mädchen endlich wiederkamen. Zumindest ein bisschen Neugierde schien Liam geblieben zu sein, denn er kam ebenfalls angetapst, als Alina und Jeska den Shelter wieder betraten. „Dann wollen wir mal", sagte Alina und nahm mich auf den Arm. „Philberti ist mit Nabuku, Asanja und Asali draußen und sperrt sie danach ins Haus, bis wir fertig sind", sagte Jeska zu ihr und nahm Liam auf den Arm. Dann richtete sie sich noch an die anderen Freiwilligen: „Ihr kommt ja hier allein klar, oder?" Die anderen nickten und wir gingen durch die zwei Türen in den großen Garten, den ich damals schon mehrere Male durchquert hatte. Ich war immer noch schrecklich aufgeregt und zappelte so sehr, dass Alina mich kaum halten konnte. „Das nenne ich mal Vorfreude", sagte sie lachend und drückte mich noch ein bisschen fester an sich. Wir steuerten direkt auf das Häuschen zu, wo Liam am Anfang gelebt hatte, und gingen durch das Tor in den umzäunten Bereich. „Tadaa, die Überraschung!", sagte Alina und setzte mich vor zwei großen Kisten ab. Liam wurde neben mir abgesetzt und ich schaute ihn verwirrt an. Er schaute verwirrt zurück und dann schauten wir gemeinsam verwirrt die beiden Mädchen an. „Das sind eure Transportboxen", sagte Jeska, „sie sind im Prinzip euer Ticket in ein Leben mit uns. Alina und ich wohnen ja in Deutschland und das könnt ihr euch zwar nicht vorstellen, aber das ist ziemlich weit weg. Und um dahin zu kommen, müssen wir in einem großen Flugzeug fliegen. Und diese Transportboxen sind im Prinzip euer Zuhause für den Flug." „Als ob sie davon jetzt auch nur ein Wort verstanden haben", sagte Alina lachend, „wollen wir nicht lieber mit dem Training anfangen." Jeska ging kurz ins Haus und Alina setzte sich neben uns auf den Boden. Als ich zu Liam schaute, war der schon zu den seltsamen, großen Kisten gestiefelt und beschnüffelte sie neugierig. Ein großes Gitter versperrte den Zutritt zum Inneren, sodass er das Ding erstmal nur von außen inspizieren konnte. Ein ganz bisschen ängstlich machte auch ich mich auf den Weg die „Transportboxen" zu untersuchen. Die Mädchen hatten zwar gesagt, dass es etwas Gutes und Wichtiges sei, trotzdem machten die Dinger mir Angst. Es roch etwas seltsam, doch es schien von außen ziemlich ungefährlich. Als ich gerade mit den Vorderpfoten daran hochklettern wollte, um einen Blick obendrauf zu erhaschen, kam Jeska mit einem raschelnden Beutel zurück. Ein köstlicher Duft zog mich wie magisch in ihre Richtung und auch Liam konnte dem Geruch kaum widerstehen. Lachend sagte Jeska: „Na, die Leckerlies habt ihr aber schnell gerochen." Sie griff in den Beutel und hielt uns jedem eine kleine Leckerei hin. Genüsslich kaute ich darauf herum, während mein Bruder der „Anti-Genießer" es mal wieder einfach nur runterschluckte. Beide schauten wir, nachdem es leer war, Jeska mit treudoofen Augen an. „Oh nein, der Rest ist fürs Training. Ihr könnt so süß schauen, wie ihr wollt, mehr gibt es erst, wenn ihr etwas dafür gemacht habt!", sagte sie und ging tatsächlich mit dem Beutel an uns vorbei zu den Boxen. Wie in Trance folgten wir ihr und den Leckerlies in ihrer Hand. Beide Mädchen mussten lachen, als sie uns dabei beobachteten, wie wir beinahe übereinander stolperten, weil wir unsere Nasen in die Luft gereckt hatten. Ich kletterte sofort auf Jeskas Schoß, sobald sie auf dem Boden saß. „Hey, sie ist mein Mensch!", rief Liam und schubste mich spielerisch, sodass ich wieder herunterpurzelte. „Hey, keine Streitereien", sagte Alina und nahm mich zu sich auf den Schoß, doch den Leckerlibeutel konnte ich nicht aus den Augen lassen. „Wer von euch beiden Süßen möchte denn den Anfang machen?", fragte Jeska und deutete auf die Boxen. Ich schaute nur verwirrt, bis sie mit ihrer freien Hand das Gitter vor einer der Boxen aufzog. Liam saß währenddessen immer noch den Leckerlibeutel fixierend auf Jeskas Schoß und reichte ihr unermüdlich seine Pfoten. Also versuchte ich diesmal die Mutige sein und sprang in Richtung offene Box. Jeska warf eines der Leckerlies in die Box und schaute mich auffordernd an. Ich wollte gerade vorsichtig eine Pfote in den Innenraum setzen und so den ersten Schritt wagen, als Liam wie wild geworden über mich drüber rannte. Stattdessen landete ich also mit der Nase zuerst darin. Die Mädchen mussten beide erstmal ordentlich lachen, bevor sie Liam zurechtweisen konnten. Also warf ich ihm einen finsteren Blick zu. „Sorry, kleine Schwester", murmelte er mit vollem Mund, sodass man ihn kaum verstehen konnte. Ich rappelte mich wieder auf und schaute die Mädchen erwartungsvoll an, dass sie ihm endlich die Leviten lesen sollten. Stattdessen nahm Alina den Leckerlibeutel und sagte zu mir: „Dann ist die andere Box wohl für dich meine Maus." Sie setzte sich daneben, öffnete sie und warf ebenfalls ein Leckerli in das Innere. Ich versicherte mich, dass Liam in der anderen Box noch abgelenkt war, bevor ich einen zweiten Versuch startete, das Innere dieser seltsamen Dinger zu erkunden. Bevor ich dann den Fuß hineinsetzte, schaute ich mich noch einmal um, um diesmal vor einer Attacke gewappnet zu sein. Doch als ich nichts sah, setzte ich den Fuß behutsam ab und konzentrierte mich ganz auf die neuen Eindrücke. Der Boden gab ganz leicht nach und im Inneren roch es noch intensiver nach diesem seltsamen Geruch, den ich von außen schon wahrgenommen hatte. Ich brauchte eine Weile, um mich daran zu gewöhnen und in der Dunkelheit das Leckerli zu orten. Der nachgebende Boden fühlte sich beim Laufen total eigenartig unter den Pfoten an, aber was tut man nicht alles für eine Leckerei. Genüsslich zerkaute ich das Stück Futter und machte mich dann auf den Rückweg nach draußen. Das helle Sonnenlicht ließ mich erstmal die Augen zusammenkneifen, doch dann entdeckte ich, dass Jeska in der Zeit verschwunden war. Liam saß vor Alina und himmelte wieder den Leckerlibeutel an. Ich hatte meine Futtergier inzwischen wieder etwas unter Kontrolle und schaute mich deshalb ein wenig in dem eingezäunten Teil des Gartens um. Ich war lang nicht mehr hier gewesen, aber viel hatte sich nicht verändert. Jeska kam schon bald mit ein paar Decken zurück, die sie daraufhin in die Boxen legte. „So macht es das Ganze doch schon viel gemütlicher", sagte sie und nickte Alina zu. Die warf wieder ein Futterstück in meine Box, während Jeska Liam festhielt. Wie? Ich sollte schon wieder darin? Ich war doch grade erst wieder rausgekommen.

„Na auf, Ilvy!", rief Alina, die bemerkt hatte, dass ich zögerte. „Na gut", dachte ich und stiefelte zurück zu der Box. Und tatsächlich machten die Decken das Innere gleich viel freundlicher. Der Boden fühlte sich nicht mehr ganz so seltsam unter meinen Pfoten an und der Geruch kam mir irgendwie auch nicht mehr so schlimm vor. Als ich sicher in meiner Box angekommen war, schien Jeska meinen Bruder wieder losgelassen zu haben, denn ich hörte ihn losflitzen. Erschrocken drehte ich mich um, doch zum Glück steuerte er auf seine eigene Box zu. Nachdem ich das Leckerli wieder vernascht hatte und auf dem Rückweg war, gab mir Alina das Kommando `Sitz´. Noch etwas widerwillig setzte ich mich also in der Box hin und führte auch das nachfolgende Kommando `Platz´ aus. Als Belohnung bekam ich wieder ein Leckerli und Alina lobte mich übermütig. Ich hörte wie auch Jeska Kommandos an Liam aussprach. Inzwischen hatte er die Grundlagen problemlos drauf, aber die weitergehenden Tricks, wie Rolle, Winken und Männchen fielen ihm immer noch sehr schwer. Davon abgelenkt hatte ich nicht bemerkt, wie Alina langsam die Gittertür von meiner Box geschlossen hatte. Ich stand auf, ging zur Tür und schaute suchend hinaus. Alina stand noch davor und steckte mir durch das Gitter direkt wieder ein Leckerli zu. „Alles gut, meine Süße! Du musst dich daran gewöhnen!", sagte Alina und lächelte mir zu. Ich vertraute ihr, deswegen akzeptierte ich die Situation. Aber ich fühlte mich trotzdem nicht vollkommen wohl damit. Ich versuchte mich zu entspannen und legte mich wieder hin. Die Decke, die inzwischen den Boden bedeckte, war sehr bequem.

Liam:
Ich fand die Situation ganz und gar nicht cool, als Jeska die Tür von meiner Box schloss, während ich noch drinsaß. Ich vertraute ihr, aber es machte mir trotzdem ein wenig Angst. Sie sagte, dass ich mich entspannen sollte, dass das wichtig sei. Also versuchte ich mich zu entspannen. Besorgt rief ich nach Ilvy, denn ich vermutete, dass sie ebenfalls in ihrer Kiste eingeschlossen war: „Ilvy? Geht es dir gut?" Sie antwortete: „Ja Brüderchen, alles gut. Wieso fragst du?" „Jeska hat die Tür bei mir zugemacht und ich habe vermutet, dass Alina bei dir das Gleiche getan hat. Ich wollte nur sichergehen, dass du keine Angst hast und es dir gut geht!", rief ich, auch wenn ich wusste, dass ich mit diesen Sorgen in alte Muster zurückverfiel. „Ja, bei mir ist auch die Tür zu, aber es ist alles gut. Alina sagt, dass wir das Lernen müssen, also vertraue ich ihr und versuche mich zu entspannen", erwiderte meine kleine

Schwester, ohne mir irgendwelche Vorwürfe zu machen. Ich nickte und fügte noch ein Ja hinzu, als ich bemerkte, dass sie mich ja gar nicht sehen konnte. Nur kurze Zeit später machte Jeska die Box schon wieder auf. Ich lief zur Tür und schaute hinaus. "Na, mein Süßer, geht es dir gut?", fragte Jeska und lächelte mich an. Ich nickte und genoss das Leckerli, welches ich daraufhin zugesteckt bekam. Wir machten die nächsten Tage noch einige solcher Trainings und die Mädchen schlossen uns immer länger in den Boxen ein. Doch tatsächlich gewöhnten wir uns sehr schnell daran und fanden es von Mal zu Mal weniger schlimm. Danach spielten wir immer noch eine Weile in dem kleinen Garten, bevor wir zu den anderen Hunden zurückgebracht wurden. Der Tag unserer Abreise kam immer näher. Einen Tag vorher machten wir kein Boxentraining mehr, sondern gingen nur zu viert eine ganz große Runde spazieren. Es machte mir wirklich Spaß, mal wieder ganz ohne die anderen Hunde eine Runde zu drehen. Ich genoss es mal wieder in Ruhe die Welt zu erkunden, ohne dass mich andauernd jemand zum Spielen aufforderte. Ilvy fand das nicht ganz so cool. Sie liebte die Action auf den Spaziergängen, weswegen ich dann letztendlich doch nicht ganz so viel Ruhe bekam, wie ich mir erhofft hatte. Doch Ilvy merkte schnell, dass ich nicht in der Laune war, die ganze Zeit mit ihr zu spielen, weswegen sie sich auch viel mit den Mädchen beschäftigte. Alina machte ein paar Tricks mit ihr und ich war froh, dass ich nicht ebenfalls dazu aufgefordert wurde. Denn egal wie sehr ich mich auch bemühte, die Verbindung zwischen den Worten und den Handlungen, die dadurch von mir erwartet wurden, konnte ich einfach nicht so schnell lernen. Ich musste lächeln, als Ilvy zu mir kam und ihre komplette Seite dreckig war. "Was? Sehe ich denn nicht wunderschön aus?", fragte sie und drehte sich stolz einmal um sich selbst. Ich musste noch mehr lachen und fragte, wie sie das denn geschafft hatte. "Ich habe Alina kurz vor Aufregung falsch verstanden und statt Drehen eine Rolle gemacht. Und das an einer Stelle, wo der Boden halt etwas matschig war", antwortete sie nun ebenfalls lachend. Ich war froh, dass sie solche Sachen immer mit Humor nahm, dass bewahrte sie definitiv vor vielen schlechten Gedanken. Ich hätte mich in so einer Situation vermutlich in Grund und Boden geschämt. „Ich werde dich vermissen, kleine Schwester", sagte ich und stupste sie sanft in die Seite. „Ich dich auch, großer Bruder!", antwortete sie und lächelte mich an. Doch ich sah auch ein bisschen Traurigkeit in ihrem Lächeln. Entgegen allen Erwartungen fiel es Ilvy mindestens genauso schwer, dass wir uns bald nicht mehr die ganze Zeit sehen würden. Ich hatte es irgendwie geschafft meinen Frieden mit der Welt und mit dem was kam zu schließen. Ich sah dem ganzen erstaunlich entspannt entgegen und hatte sogar Freude an der Vorstellung gefunden, bald ein eigenes Zuhause bei Jeska zu haben. Wieder zurück im Shelter erklärte Alina uns, dass sie schon wieder gehen musste, da sie noch ihre Koffer packen müsse. Wir verstanden beide nicht ganz, was das bedeutete, doch wir ließen sie trotzdem widerwillig gehen. Auch Jeska kam nach dem Mittagessen nicht direkt mit den anderen Freiwilligen zurück, da sie ihre Koffer packen wollte. Den Rest des Tages unterhielt sie sich viel mit Maiko und kuschelte mit den anderen Hunden. Ich versuchte mich immer wieder dazwischen zu drängen, da ich auch Aufmerksamkeit von ihr wollte, sodass sie mich irgendwann schimpfte: „Liam, ich habe dich unendlich lieb und deswegen darfst du auch morgen mit mir nach Hause kommen! Aber ich habe auch die anderen Fellnasen sehr lieb und sie werden nicht mit mir mitkommen. Deswegen würde ich mich jetzt gerne von ihnen verabschieden, ohne dass du dich die ganze Zeit dazwischendrängst!" Traurig stapfte ich davon, denn ich verstand sie einfach nicht. Sie konnte die anderen Hunde doch bestimmt jederzeit hier besuchen gehen, sie waren ja nicht plötzlich ganz weg. Ich legte mich unter die Bank und schaute den anderen Hunden schmollend beim Spielen zu. Mila und Ilvy kamen zu mir und Mila meinte: „Hey, Großer, schmoll nicht so viel. Du wirst sie für den Rest deines Lebens haben, wir werden sie vermutlich nie wiedersehen! Du hast ein unglaubliches Glück, freu dich lieber!" „Wir können euch doch besuchen kommen!", antwortete ich grimmig. „Ich glaube nicht, dass das so einfach möglich ist, großer Bruder", murmelte Ilvy, „Emma und Oslo kommen auch nie wieder hier her. Ich denke wir werden an einen weit entfernten Ort fahren, sodass es nicht so einfach ist hier mal eben zu Besuch zu kommen. Das ist eine Entfernung, die wir uns, glaube ich, gar nicht vorstellen können." „Soll das etwa heißen, wir werden nie wieder hier her zurückkommen? Heißt das ich werde Mila und die anderen gar nicht mehr wiedersehen?", fragte ich vorsichtig, denn ich wollte die Antwort eigentlich gar nicht hören. Mila nickte und stupste mich sanft an. Auch Ilvy nickte und sah ebenfalls etwas traurig aus. Erst jetzt realisierte ich, was dieser Umzug wirklich alles bedeutete. Irgendwie war mir vorher gar nicht so richtig bewusst gewesen, dass ich die ganzen anderen hier nie wiedersehen würde. So begann ich statt schmollend in der Ecke zu sitzen oder Jeska beim Verabschieden zu stören, mich selbst von den anderen Hunden und Mitarbeitern zu verabschieden. Besonders Maiko würde ich als Herrscher über das Futter vermissen. Und dann natürlich Mila, die in der ganzen Zeit zu meiner besten Freundin geworden war. Die mich verstand, der ich alles anvertrauen konnte und die immer für mich da war. Von ihr verabschiedete ich mich auch als allerletzte und verbrachte den ganzen Nachmittag und Abend mit ihr. Die Zeit verging viel zu schnell und schon genossen wir unsere letzte Mahlzeit im Shelter. Nur wussten wir das zu diesem Zeitpunkt noch nicht.

12

Die Nacht konnte ich fast gar nicht schlafen und wir wurden am nächsten Morgen schon sehr früh von den beiden Mädchen geweckt. Sehnsüchtig warteten wir auf unser Frühstück, was aber nicht kam. Stattdessen wurden wir in unsere Transportboxen gebracht, an deren Gittertüren jetzt jeweils eine Schale mit Wasser befestigt war. Die Transportboxen standen nicht wie sonst im Garten vor Jeskas Häuschen, sondern befanden sich im Kofferraum des Autos, mit dem wir damals schon zum Tierarzt gefahren waren. Ich hörte wie die Mädchen sich ebenfalls vorne ins Auto setzten und ich konnte auch die Stimme von Jens vernehmen. Kurz darauf wurde der Motor gestartet und das Auto ruckelte durch das Tor über die unebene Straße. Ich versuchte mich hinzulegen, doch das ständige Geruckel warf mich hin und her. Erst als wir auf der richtigen Straße ankamen, konnte ich mich entspannen und schlief sogar trotz Aufregung fast noch einmal ein, weil ich so müde war. Es dauerte nicht lange da stoppte das Auto schon wieder und wir hörten die Türen, als die Mädchen ausstiegen. Kurz darauf ging auch bei uns der Kofferraum auf und die Gesichter von Jeska und Alina lächelten uns an. Es war in der kurzen Zeit, in der wir mit dem Auto unterwegs waren, schon ganz schön hell geworden und die Sonne kitzelte mich in den Augen. Ich hatte die Hoffnung, dass wir jetzt schon wieder aus den Transportboxen rausdurften, doch stattdessen wurden wir auf große Wagen gehoben. Ich konnte kurz einen Blick auf Ilvy werfen, die ebenfalls neugierig an der Gittertür ihrer Transportbox stand und die Außenwelt gespannt beobachtete. Es ruckelte wieder ordentlich, als uns die Mädchen mit den Wägen über den Parkplatz schoben. Wir fuhren in ein Gebäude, denn es wurde wieder etwas dunkler und der Weg wurde ebener. Wenig später verabschiedeten sich die Mädchen plötzlich von uns und wir wurden in unseren Boxen davongetragen. Ängstlich schaute ich in die Richtung, in der die Mädchen standen. Bisher hatte ich mich immer irgendwie entspannen können und den Mädchen vertraut, aber jetzt wo sie einfach fortgingen, kam dann doch die Angst in mir hoch. Auch Ilvy schien sich inzwischen ein paar Sorgen zu machen, denn ich hörte ein leises Wuffen aus der Transportbox neben mir. Es wurde komplett dunkel um uns herum und ich versuchte mit allen Mitteln mich doch irgendwie zu entspannen. Ich wusste, dass ich den Mädchen vertrauen konnte, aber die Situation war trotzdem unglaublich gruselig. Es ruckelte immer mal wieder oder wir wechselten die Richtung, aber sehen konnte ich immer noch nichts. Es dauerte eine Weile, bis wir stoppten und dann wurde es auch wieder etwas heller. Einige Männer liefen durch den Raum und räumten Dinge hin und her. Die Mädchen konnte ich leider noch nicht wieder sehen. Wir wurden von dem Objekt heruntergehoben, auf dem wir hierhergefahren wurden und wieder auf einem Wagen platziert. Ich versuchte mich immer wieder zu versichern, dass Ilvy noch neben mir war und bis jetzt hatte ich immer irgendwie einen Blick auf sie oder ihre Transportbox erhaschen können. Wir standen da dann eine ganze Weile, bis die Männer wiederkamen und uns weiterschoben. Es ging durch ein Tor und dann waren wir wieder draußen und steuerten auf ein riesiges gruseliges Objekt zu. Es sah fast aus, wie ein metallischer Vogel und andere Männer schoben noch weitere Taschen und andere Behältnisse zu dem großen Ding. Wir wurden in den Bauch des großen Metallvogels gehoben und plötzlich war es wieder dunkler. Auch die anderen Objekte wurden hereingehoben und überall platziert. Irgendwann wurde der Eingang geschlossen und es war komplett dunkel. „Liam, bist du da?", hörte ich Ilvy vorsichtig fragen. „Ja, ich bin hier. Geht es dir gut?", antwortete ich und versuchte dabei so entspannt wie möglich zu wirken. Doch man hörte das Zittern in meiner Stimme vermutlich trotzdem. Auch Ilvys Stimme merkte man an, dass ihr die Situation nicht ganz geheuer war: „Ja, mir geht es so weit gut, aber das ist trotzdem alles irgendwie gruselig. Ich habe volles Vertrauen in die Mädchen, aber sie sind nicht hier und ich mache mir dann doch ein wenig Sorgen." Ich stimmte ihr zu und versuchte trotz meiner eigenen Angst, sie mit ein paar Worten zu beruhigen. Als nach einer ganzen Weile immer noch nichts neues passierte, legte ich mich hin und versuchte ein wenig zu schlafen. Auch Ilvy schien sich zur Ruhe gelegt zu haben, denn ich hörte nichts mehr von ihr. Ich war schon fast eingeschlafen, als ich ruckartig aus meinen Träumen gerissen wurde. Ein lautes Geräusch weckte mich und ich hörte auch Ilvy in ihrer Box aufspringen. Das Geräusch wurde immer lauter und plötzlich begann sich der Metallvogel zu bewegen. Erst langsam und dann immer schneller. „Was ist das?", rief Ilvy ängstlich und lief unruhig in ihrer Box herum. „Beruhig dich, kleine Schwester. Ich weiß, dass ist alles ungewohnt und gruselig, aber wir müssen den Mädchen vertrauen, dass uns nichts passiert. Das ist bestimmt nur das Gefährt, dass uns zu dem Zuhause von den Mädchen bringt. Die Mädchen sind bestimmt auch irgendwo. Sie haben doch gesagt, dass sie unterwegs nicht die ganze Zeit bei uns sein können", versuchte ich erneut, trotz eigener Sorgen und Ängste, meine Schwester zu beruhigen. Sie seufzte nur und schien sich wieder hingelegt zu haben, denn ich hörte sie nicht mehr auf und ab laufen.

Ilvy:
Es dauerte unendlich lange bis sich wieder merklich irgendetwas tat. Ich hatte jegliches Zeitgefühl verloren und auch Liam schien zu schlafen. Zumindest war er still und atmete tief. Nach einiger Zeit fand ich auch etwas Schlaf, doch ich wurde immer wieder von unterschiedlichen Geräuschen oder Bewegungen aufgeweckt. Plötzlich wurde es dann wieder lauter und meine Transportbox neigte sich wieder, sodass ich in eine Ecke rutschte. Ein etwas unsanfter Ruck ging durch das ganze Objekt, wodurch auch Liam wieder aufgewacht zu sein schien, denn ich hörte ihn fragen, ob es mir gut ging. Ich nickte und fügte noch ein Ja hinzu, als mir wieder einmal einfiel, dass er mich ja gar nicht sehen konnte. Inzwischen waren wir wieder in einer graden Position und ich versuchte einen Blick nach draußen vor meine Box zu erhaschen, doch es war immer noch stockdunkel. Die Geräusche wurden noch lauter und erstarben dann irgendwann vollkommen. Nur kurze Zeit später, wurde die große Tür geöffnet

und wir bekamen endlich mal wieder etwas Licht ab. Wieder kamen Männer in den Raum hineingeklettert, doch diesmal hatten sie helle Haut, so wie Jeska und Alina. Die Männer beim letzten Mal hatten dunkle Haut gehabt, wie Maiko. Einige steuerten direkt auf unsere Boxen zu. Einer sprach mich an und sagte: „Ja, du bist aber eine Hübsche. Ich hoffe ihr hattet eine gute Reise!" Sie hoben uns aus dem großen Metallvogel auf einen Wagen. Als ich nach draußen schaute, sah ich viel Straßen und überall standen diese riesigen Metallvögel in unterschiedlichen Größen und Farben herum. Alina und Jeska konnte ich leider immer noch nicht entdecken, egal wie sehr ich sie auch suchte. Wir wurden mit den Wägen wieder in ein großes Gebäude gefahren und erneut auf so ein Ding gehoben, womit wir durch die Dunkelheit gefahren wurden. Diesmal dauerte es noch deutlich länger, bis wir wieder etwas sehen konnten. Aufgeregt redete ich durch die Dunkelheit mit Liam, der auch verzweifelt versuchte etwas zu sehen, insbesondere Jeska und Alina. Und als wir endlich wieder von Helligkeit umgeben waren, grinsten uns tatsächlich ihre wunderschönen Gesichter entgegen. Freudestrahlend tapste ich zum Gitter und ließ mir von Alina die Nase graulen. Doch zu meinem Verdruss öffnete sie das Gitter nicht, sondern half dem Mann, der danebenstand, mich erneut auf einen Wagen zu heben. Ich sah, dass auch Liam von Jeska und dem Mann auf einen Wagen gehoben wurde. Frustriert schaute ich ihn an. Dann wurden wir von den Mädchen durch die große Halle geschoben, in der ganz viele Menschen durch die Gegend liefen und große Taschen von einem sich drehenden Band herunternahmen. Wir liefen und liefen durch unterschiedliche Gänge, an unterschiedlichen Menschen vorbei. Und dann ließen die Mädchen uns plötzlich stehen und sprangen mir unbekannten Menschen in die Arme. Einer davon hatte sogar einen Hund an der Leine. Erschrocken wich ich zurück, als dieser mit der Nase an mein Gitter kam. Liam knurrte ihn an, als er das sah, doch ich sagte, dass alles okay sei. „Hallo, ich bin Ellie", sagte der fremde Hund und schaute mich mit liebem Blick an. „Ich bin Ilvy und das ist mein Bruder Liam", sagte ich und zeigte mit dem Kopf in Richtung meines Bruders. Sie schnuffelte auch an Liams Gittertür, der immer noch etwas verunsichert grummelte. „Ellie!", rief Jeska und nahm den hübschen Hund in die Arme. Dieser freute sich ungestüm und schleckte ihr erst einmal durchs Gesicht. Nachdem die Mädchen die fremden Menschen und den fremden Hund begrüßt hatten, kamen sie zu uns zurück und öffneten endlich unsere Türen. Alina befestigte eine Leine an meinem Halsband und hob mich heraus. Ich streckte meine müden Glieder und sprang dann freudig an ihr hoch. Auch Liam ließ sich erstmal ordentlich von Jeska graulen. Dann kamen die fremden Menschen und sagten uns Hallo. Wenn ich das alles richtig verstand, waren sie die Familien unserer Mädchen. Alina hatte Mutter, Vater und Bruder und zu Jeska gehörten Mutter, Vater, Schwester und der liebe Hund. Ich hätte mich sehr gefreut, wenn der Hund zu Alina gehört hätte und auch Liam schien so, als wäre ihm das lieber gewesen, aber er versuchte sich der Situation anzupassen. Nach anfänglichem Zögern begrüßte er Ellie und ließ sie sogar widerwillig an seinem Hintern schnuppern. Die Zeit verging viel zu schnell, bis wir auch schon Abschied nehmen mussten. Ich sah den traurigen Blick in Liams Augen und auch ich konnte die Traurigkeit nur schwer zurückhalten. Nur widerwillig verabschiedeten wir uns schließlich voneinander, da die Mädchen versprachen, dass wir uns schon ganz bald wiedersehen würden. „Pass auf dich auf, kleine Schwester! Sei schön brav und genieß es, dass du jetzt ein eigenes Zuhause hast, mit Menschen, die dich lieben!", sagte Liam und warf mir ein schwaches Lächeln zu. Ich wünschte ihm das Gleiche und ging dann mit Alina und ihrer Familie mit, während Liam in die andere Richtung verschwand. Erst jetzt bemerkte ich, wie dringend ich nach der langen Reise musste. Wir hatten zwar am Morgen nichts gegessen, doch trotzdem musste ich nun sehr dringend ein großes Geschäft erledigen. Ich versuchte verzweifelt es einzuhalten, bis wir aus dem Gebäude draußen waren, doch ich schaffte es leider nicht. Und so setzte ich mein erstes Geschäft mitten in den Flughafen. Ich schämte mich ganz schrecklich und leckte Alina besänftigend die Finger ab. Doch Alina war gar nicht wütend, sie sagte mir immer wieder, dass alles gut sei. Ihre Mutter holte eine schwarze Tüte aus der Jackentasche, womit Alina mein Häufchen aufsammelte. Danach ging es weiter zu einem Auto, das ganz anders aussah als das von Jens. Die Menschen stiegen ein und ich musste nicht wieder zurück in die Box, sondern durfte zu Alina auf den Schoß. Ich war total begeistert, denn so konnte ich alles im Blick haben. Wir fuhren eine ganze Weile und ich sah während der Fahrt die meiste Zeit aus dem Fenster. Hier sah es so ganz anders aus, als dort wo wir vorher gewesen waren. Ich sah so viele Gebäude und sie waren so groß und eindrucksvoll. Zum Schluss war ich so überwältigt von den ganzen neuen Eindrücken, dass ich noch einmal auf Alinas Schoß einschlief. Mein Schlaf dauerte aber nur kurz, bis wir hielten und ich von der Autotür geweckt wurde. Wir standen vor einem hübschen

Haus, größer als Jeskas Häuschen, aber kleiner als viele der Gebäude, die ich auf der Fahrt gesehen hatte. „Na, meine Süße, auch wieder wach?", fragte Alina und öffnete die Autotür. Sie nahm mich auf den Arm und setzte mich nach dem Aussteigen auf dem Boden ab. Vor lauter Aufregung pinkelte ich erstmal in den Vorgarten, doch auch dafür wurde ich nicht geschimpft. Wir gingen zur Haustür und wenige Sekunden später sah ich das erste Mal mein Zuhause. Als die Tür hinter uns ins Schloss fiel, machte Alina mich von der Leine ab, sodass ich endlich alles erkunden konnte. Wir waren in einem langen Gang, von dem Türen zu den anderen Räumen abgingen. Eine war zu, aber den Rest konnte ich mir anschauen. Neugierig schaute ich in jedes Zimmer und vom Wohnzimmer war ich direkt begeistert. Auf dem Boden lag eine Art große Decke, an der lustige weiße Fäden befestigt waren. Sofort stürzte ich mich darauf und spielte mit den Fäden. „Nein, nicht den Teppich!", rief Alinas Mutter plötzlich, sodass ich erschrocken von meinem Spiel abließ. Alina kam zu mir und erklärte mir, dass ich nicht damit spielen durfte: „Wir werden dir direkt morgen Spielsachen kaufen, aber der Teppich ist Tabu!" Widerwillig ließ ich also erstmal davon ab und setzte stattdessen meine Erkundungstour fort. Im Wohnzimmer stand außerdem ein großes Ding, was aussah wie ein Baum. Verwirrt schnüffelte ich daran und bevor ich den Geruch einordnen konnte, wurde ich plötzlich von dem Ding angefaucht. „Damian, sei lieb!" sagte Alina, die mich nicht aus den Augen ließ. Erst jetzt entdeckte ich den grauen Kater, der in einer von den Höhlen an dem Fake-Baum lag. Er schaute mich etwas grimmig an und fragte dann: „Wer bist denn du und was hast du in meinem Zuhause zu suchen?" Auch wenn ich ein klein wenig Angst hatte, antwortete ich freundlich: „Ich bin Ilvy und das ist jetzt auch mein Zuhause!" Der Blick des Katers wechselte von grimmig zu irritiert und er schaute abwechselnd von mir zu Alina und zurück. Diese sagte zu ihm: „Damian, darf ich vorstellen, unser neues Familienmitglied Ilvy. Ich habe sie von meiner Reise mitgebracht und ich bitte dich wirklich inständig darum freundlich zu ihr zu sein!" Sie kam einen Schritt näher und kraulte Damian sanft die Ohren. Er gab ein genüssliches Schnurren von sich und schmiegte seinen Kopf in ihre Hand. „Und Ilvy, das ist Damian unser Familienkater. Ich bitte auch dich freundlich zu ihm zu sein, aber das sollte dir ja nicht schwerfallen!", wandte sich Alina nun an mich und gab auch mir eine kleine Streicheleinheit. Damian stand indessen auf und streckte sich. Dann kam er aus seiner Höhle und sprang vor mich auf den Boden, sodass ich im ersten Moment vor Schreck erst einmal einen Schritt zurück machte. „Eigentlich bin ich nun wirklich nicht der größte Fan von Hunden, aber sie haben mir nie etwas getan, deswegen gebe ich dir eine Chance. Lass uns für den Anfang ein paar Regeln aufstellen. Erstens: Ich will nicht das du an meine Sachen gehst oder dich auf meine Plätze legst. Zweitens: Ich bin nicht dein Spielkumpane, du lässt mich, wenn möglich, bitte in Ruhe. Und drittens: Schau mich nicht mit diesem Hundeblick an, der zieht bei mir nicht!", sagte er. Erst jetzt bemerkte ich, dass ich wie immer neugierig meinen Kopf schief gelegt hatte. Ich drehte ihn sofort wieder grade und nickte, auch wenn ich die Regeln nicht unbedingt großartig fand. Nachdem ich meine Zustimmung gegeben hatte, stolzierte Damian mit erhobenem Kopf davon. Die nächsten Tage waren großartig. Wir kauften Spielzeug und spielten ausgiebig damit. Wir machten schöne Spaziergänge, bei denen ich die neue Umgebung erkunden konnte. Gelegentlich, wenn ich mal allein war, vermisste ich Liam und meine anderen Freunde, aber die meiste Zeit fühlte ich mich bei Alina und ihrer Familie sehr wohl. Nachts durfte ich sogar mit in Alinas kuscheligem Bett schlafen und dass obwohl sie extra ein Hundekissen für mich gekauft hatten. Und Damian konnte so sehr er es auch versuchte, mir schon bald nicht mehr widerstehen. Auch wenn er mich anfangs ganz schön eingeschüchtert hatte, gab ich nicht auf ihn als meinen Freund zu gewinnen. Schließlich waren wir jetzt sowas wie Geschwister, warum sollte man sich da den ganzen Tag ignorieren, wenn man zusammen Spaß haben konnte. Eines Tages fasste ich all meinen Mut zusammen und legte mich ganz zu ihm in die Nähe. Er grummelte, wie er es immer tat, aber er ließ es geschehen. Einige Tage vergingen und dann verkündete Alina mir, dass Liam am nächsten Tag kommen würde.

Liam:
Nachdem ich mich am Flughafen von meiner kleinen Schwester und Alina verabschiedet hatte, waren wir zu einem großen Auto gelaufen, indem wir alle mehr als genug Platz hatten. Ellie sprang mit einem eleganten Satz problemlos hinein und machte es sich auf einem der drei Sitzplätze bequem. Auch ich musste nicht zurück in meine Box, schaffte es aber nicht so einfach allein in das Auto zu springen. Jeska nahm mich auf den Arm und hob mich rein. Ich durfte auf ihrem Schoß sitzen und war so fertig, dass ich fast die ganze Fahrt verschlief. Nur einmal wachte ich kurz auf, weil mich Ellies langes Fell in der Nase kitzelte. Danach weckte mich erst die Autotür, als wir angekommen waren. Wir steu-

erten auf ein schönes, großes Haus zu, deutlich größer als das was ich vom Shelter gewohnt war. Einige Stufen führten zur Eingangstür, die Ellie wieder problemlos meisterte, aber auch ich schaffte es inzwischen Treppen zu laufen. Drinnen war es warm und gemütlich eingerichtet. Ellie war sofort Feuer und Flamme als Jeska sie fragte, ob sie mir alles zeigen könnte. Hauptsächlich war das das Wohnzimmer, in dem mehrere Hundekörbchen und Decken lagen und Unmengen von Spielzeug, welches jedes Hundeherz höher schlagen ließ. Auch wenn ich anfangs sehr skeptisch gegenüber Ellie gewesen war, taute ich mit der Zeit ihr gegenüber immer mehr auf. Schon bald spielten wir gemeinsam mit dem Spielzeug, teilten uns einen Schlafplatz und genossen die schönen Spaziergänge. Das Einzige, womit ich immer noch nichts anfangen konnte, war das Apportieren eines Balls. Schon bei Ilvy und den anderen hatte ich das nie verstanden und auch Ellie konnte mich diesem Prinzip nicht näherbringen. Sie fand es total klasse dem Ball hinterherzujagen und schleppte ihn den halben Spaziergang durch die Gegend. Ich lebte mich immer besser ein und fand das Futter fantastisch, was ich hier bekam. Aber trotzdem vermisste ich meine kleine Schwester und war deswegen überglücklich, als Jeska verkündete, dass wir am nächsten Tag zu ihr und Alina fahren würden. Begeistert erzählte ich es Ellie und fragte, ob sie mitkommen würde. Sie meinte nur, sie wüsste es nicht und das Jeska das Entscheiden müsse. Ich konnte die Nacht kaum schlafen, weil ich so gespannt auf das Treffen war. Wie es Ilvy wohl ergangen war? Ob sie ein genauso schönes Zuhause hatte? Ob sie genauso viel Spaß hatte, obwohl kein anderer Hund bei ihr war? So viele Fragen schwirrten mir durch den Kopf. Die Zeit verging so schrecklich langsam, bis endlich der nächste Morgen da war. Mein Frühstück bekam ich kaum runter, weswegen sich Jeska und Ellie schon Sorgen machten, da ich es normalerweise innerhalb von Sekunden einatmete. Es dauerte noch eine Weile, bis es endlich los ging. Ellie durfte tatsächlich mit, was mich sehr freute. Jeska schnallte mich mit meinem neuen Geschirr im Auto fest und auch Ellie wurde vorbildlich festgeschnallt. Wir saßen zusammen auf der Rückbank des kleineren Autos, während Jeska vorne einstieg. Sonst kam niemand mit. Es war tatsächlich nur eine sehr kurze Fahrt, bis wir ankamen, aber es fühlte sich an wie eine Ewigkeit. Wir hatten gerade erst vor einem kleinen hübschen Haus geparkt, als schon die Tür aufging und Alina zu uns gestürmt kam. Sie wies Ilvy an, in der Tür stehen zu bleiben, was meine kleine Schwester auch brav tat, obwohl man ihr die pure

Freude bereits aus dem Gesicht ablesen konnte. Jeska sprang ebenfalls sofort aus dem Auto und die beiden Mädchen fielen sich freudestrahlend in die Arme. Sie quatschten und quatschten und als sie uns nach einer gefühlten Ewigkeit immer noch keine Aufmerksamkeit geschenkt hatten und Ilvy in der Tür schon halb platzte vor Vorfreude, gab ich ein vorsichtiges Wuffen von mir. „Ach Gott, natürlich. Ihr habt euch bestimmt auch vermisst und wollt endlich zueinander!", rief Jeska aus und machte endlich unsere Tür auf. Mit wenigen Griffen waren wir von unseren Gurten befreit und an einfachen Handleinen befestigt. „Ich habe Ellie auch mitgebracht, ich hoffe das ist kein Problem?" sagte Jeska zu Alina. „Nein, je mehr Hunde desto besser! Ich habe es mir schon fast gedacht oder sogar erhofft, deswegen wurde der Kater auch schon nach oben verbannt", sagte Alina lachend, während wir zur Tür liefen. Ilvys Schwanz wedelte inzwischen wie ein Propeller und ich dachte wirklich schon sie würde gleich abheben. Doch sie blieb weiter brav in der Tür stehen und wartete bis wir endlich da waren. „Hey großer Bruder!", begrüßte sie mich freudestrahlend. Auch ich begrüßte sie voller Freude und Ellie kam dann auch an die Reihe. Die beiden verstanden sich immer noch auf Anhieb und hatten direkt ein paar Insider-Scherze. „Wollen wir vielleicht mit den Hunden direkt eine schöne Runde drehen, bevor ihr euch auszieht und wir uns dann gleich wieder anziehen?", hörte ich Alina fragen. Worauf Jeska und auch wir Hunde erfreut zustimmten. Während Alina sich fertigmachte, erzählte mir Ilvy schon Mal, wie großartig alles war. Sie war gar nicht allein, sondern da war ein Kater namens Damian. „Der war zwar am Anfang richtig mürrisch und unfreundlich, aber ich habe natürlich nicht lockergelassen und inzwischen ist er glaube ich sogar ganz froh, dass ich da bin. Auch sonst ist alles soooo schön und ich bin soooo froh, dass ich dich jetzt auch noch wiedersehe. Alinas Familie ist auch total lieb, wir waren direkt am Tag nach unserer Ankunft in einem riesigen Laden, in dem es nur Sachen für uns Tiere gab. Ich habe ein richtig cooles, kuschliges Hundebett bekommen, ganz viel Spielzeug und Leckereien und ein wunderschönes Geschirr!", erzählte sie voller Begeisterung. Passend dazu, zog Alina ihr das besagte Geschirr an und Ilvy stand danach stolz wie Oskar da. Danach ging es auch schon los. Auch Alina und Ilvy wohnten nicht weit von einem wunderschönen Feldweg entfernt, auf dem wir dann auch frei laufen durften. Es war herrliches Wetter, wir spielten, rannten und hatten einfach nur unglaublichen Spaß. Das erste Mal in meinem Leben war ich wirklich vollkommen ohne Sorgen und fühlte mich einfach nur rundum wohl. Ilvy ging es fantastisch. Wir hatten beide ein perfektes Zuhause, liebevolle Menschen und jemanden mit dem wir uns die Zeit vertreiben konnten. Wir lebten in einer schönen Gegend und konnten uns regelmäßig sehen. Besser konnte es nicht sein!!!

Zeitfracht Medien GmbH
Ferdinand-Jühlke-Straße 7
99095 Erfurt, Deutschland
produktsicherheit@kolibri360.de